U0907872

本书为中国国家新闻出版广电总局和俄罗斯出版与大众传媒署批准的《中俄文学互译出版项目·俄罗斯文库》。由中国文字著作权协会和俄罗斯翻译学院负责组织实施。

作者简介

亚历山大·格里戈连科（Александр Григоренко），当代俄罗斯作家，生于1968年，毕业于俄罗斯科麦罗沃国立大学，居住在克拉斯诺亚尔州的季夫诺戈尔斯克，现在俄罗斯报社《российская газета》东西伯利亚分部工作，发表过很多新闻调查、纪实、随笔、长短篇小说。他是当代俄罗斯少有的从西伯利亚土著居民传说中获取小说创作灵感和素材的作家之一，代表作有《泰加林人的故事》（2011）和《命运的三个名字》（2013）。

中俄文学互译出版项目·俄罗斯文库

[俄]亚历山大·格里戈连科 著
寇小桦 译

命运的三个名字 Ⅰ

狗耳朵

ТРИ ИМЕНИ СУДЬБЫ Ⅰ
СОБАЧЬЕ УХО

西南师范大学出版社
国家一级出版社 全国百佳图书出版单位

找到丢失的，

追上逃跑的，

痛打落水狗，

向死者补刀。

埃文克史诗

《索杰尼勇士》

薛西斯见赫勒斯蓬托斯海峡布满舰队，阿拜多斯岸上与平原布满兵卒，因自称快乐人，复继之以泣，其叔阿塔巴诺……问之曰：“王方自称快乐人而忽继之以泣，转瞬之间，汝所为之事其相去亦大甚矣。”薛西斯曰：“吾忽念及人生几何，百年之后，此芸芸大众，得无一人复存矣，不觉悲从中来耳。”

希罗多德

《历史》第七卷《波琳尼娅》

雍涅西树

*　*　*

我出生在一条河边，我们民族的人把它叫作胡克河，草原居民把它叫作亨·苏克河，而通古斯族及其他许多的民族把它叫作雍涅西河。

这些名称都有同一个意思——“伟大的河”，甚至也可以认为这条河没有名字，给她取名就意味着成了她的主人，可这条河她自己就是主人。

雍涅西——这是一棵树，在它上面矗立着一个世界。

它的树冠就是萨彦岭，为美好的灵魂和未出生的人遮盖着天堂般的住所，以免被人们发现。它的树根一直伸向午夜的海洋，在那里，冰海女巫抖动着她的长发，把暴风雪和死亡的讯息散发到全世界。从树冠到树根的这条路就是每个人生命必经的历程。

树枝就是无数条河流，大的、小的和一些涓涓细流。它们中的每一条都代表着一个部落、氏族或家族。或者说我们这个世界如果没有自己归属的河流，那么就没有人本身。河流赋予了人的生养权。如果丛林承担了很多人类生存繁衍的功能，那么也需要更多的河流来分担养育大量的人口。这是人类发展进化历程中的一种生存方式和途径，离开森林和河流，人类就很难生存。

人们在树上的巢穴就是母亲掩埋脐带的地方。

当母亲埋完脐带，擦干净双手，周围的人和神灵们看着你降临到世间时，他们会说："又有一个人出生了，他将和我们一起生活。"不要和亲人分离，不要背叛和抛弃守护你的神灵，因为当你的命运和你一起降临在绿草垫上的时候，谁也不知道它将来会怎样。

有可能，你的命运会带给你一件无形的礼物，例如机敏的头脑、歌唱的天赋、能看到不可见的东西、听到不能听到的声音等等。为什么会有这些奇迹发生？当然，这些是不会让你知道的。但那些没有获得这些礼物的人也不要认为自己被命运遗忘了，因为雍涅西树上的这片世界会让每个人都有所安排，那里的每一个人都不会被抛弃。甚至一不小心从窝巢里掉下来，被别族折磨欺负的人都知道，回家的路总是有的，这让每个人内心倍感欣慰。

这种想法就像我用来裹脚的温热的沙土一样温暖着我。我三个阶段的命还先后有三个名字，当我度过前两个阶段时，我都一直怀着这种想法。可命运的第三个名字则告诉我有关雍涅西树的传说就是个谎言，应该要接受这一点，就如我往常接受其他一切事物一样，但我却做不到……如果我任由事情这样发展，那么将会是个更大的谎言。

我的生活就如一团乱麻，我试图去找到它的线头，以便从中厘清我的所见所闻，分清现实和梦境，看清它的结构，弄明白我为何来到这片土地上。

- 追风记 -

他们举着一棵树，就像举着一棵草一样，轻松地跑过杉树林。大地在眼前晃动，迈着年轻有力的步伐，带着些许害怕，他们跑到了倾斜的河岸边。他们是两个人。

来到岸上后，他们停了下来，慢慢地从狂奔中缓过劲来，一边四处打量。两人站在岸上，相互只有半步的距离，可其中一人还是冲另一人大声喊道：

“我向下面跑，而你向那边，向上跑……”

第二个人没有说话。他们沉默着向各自的方向跑去，速度已经有所减慢，相互间的距离也不到十步。他们就像在丛林里跋涉一样举步维艰。这时，第三个人快步走了过来，他是个大个子，差不多有前面两人加起来的块头。他一只手上拽着一根短棍，棍子的一端拴着根皮带。

转身看到大个子，前面两人停了下来。大个子没看他俩，径直走向河边。他盯着有人走过留下的深深的足印和大船底部在潮湿河滩上留下的沟槽印。看来，小船一直停在这里等着主人去捕江鳕。

“你们准备追很远吗？”大个子并不抬头，大声说，“你们认为他就像你们一样蠢吗？偷了船，没走多远就给扔了？”

两个年轻人默默地走向长者。他们身材魁梧，骨骼健壮，头发黑得发亮，看上去是那种充满了力量，从不知饥饿和疾病的人。他们正好处于这种年纪——由男孩向男人转变的阶段。他们应该是大个子的亲儿子。他们充满了成年人的力量，但似乎心里的恐惧比未成年人更多，大概是未经世故，他们的内心还很脆弱。此时，他们的畏惧心理，就像围着一块臭肉嗡嗡叫的一群牛虻，被父亲手里的皮鞭不断地唤起。

“如果他是夜里走的，那么现在已经走得很远了。”其中一个小伙子最终忍不住说了出来。

父亲默不作声，把拿着皮鞭的双手抄到了背后，看向远处丛林密布的山脉，那里是一片布满粉红朝霞的天空。

“晚上的月亮很圆、很亮。”另一个小伙子沉默了一会儿说道，“当月光照得夜晚如白天一样时，他会害怕自己被发现的。所以，大概他是趁黎明还未天亮的时候逃跑的。”

听了他的话，大个子向他转过头。因为他的脖子短，使他转起头来有点吃力，很难转到应有的角度，他只能通过眼神来表达他的专注，等着他继续说。

“从早上到现在还没过多久，可以从另一个方向拦截他。”

父亲从背后缩回双手。

“至今仍不见那个狗东西，鱼粪蛋的踪迹。”父亲小声地不紧不慢地说。接着，他向后退了两步，挥了一下鞭子，大声说：“他只要还活着，我们就能追到的！”

两个小伙子马上反应过来，冲进了丛林，那里有他们开辟出的一条小道。大个子跟在他们后面跑。

他们的营地就坐落在四特河岸边，有一片树丛隔在营地和河水之间，只需几步就可跑过这片树丛。每个人都知道，顺着河流走不了半天就有一个湍急的弯道，从那里又流回到营地。即使不是特别近，但对于跑得快的人来说不用跑多久就可回到营地的河边。

三个人风风火火地回到营地。在四座夏季游牧帐篷旁边坐着一个女人和一个老头，他们没有说话。因为今天凌晨发生的事让大家都不知所措，女人干脆抛下手中的一切活儿，坐在那里等消息。一口空锅被随便放在草地上，帐篷顶上也没有冒出炊烟，只有几根火烧柴在火堆里冒着烟，大家围在火堆边，习惯性地提防着蚊虫叮咬。时间已是夏末秋初，蚊虫也不是那么凶残了，属于它们的季节就快过完了。

两个小伙子冲进了自己的帐篷。

“拿上弓，多带些箭！”他们的父亲大声地说，“所有用得上的都带上。”

大个子本人没有进自己的住处——一座最大的帐篷。这时，他听到传来的树枝被折断的声音，几乎就是一棵枯树的树枝断裂的吱吱声。

“你的弓箭在哪里？”

这是那个被唤作人偶的老头在说话，大概是因为活到人生的最后阶段，已经把自己真实的名字给忘了，但不知为什么他就是没有死。他很少开口说话，以至于每次他的声音都会把人吓一跳，以为是一个陌生人在说话。他是大个子老婆的亲叔叔，她负责赡养他。有时候，就像那个早晨，当老头不能或不想自己走的时候，她就把他那几乎没有什么重量的身体搬到屋外。但人偶的每次讲话也让侄女儿听着不舒服。因为听到这种像枯树枝断裂的声音，那女人会浑身难受，大个子也是一样。

“你的弓箭呢？”那声音又重复了一遍，“还有长柄刀，铁铠甲呢？”

大个子脸变得通红。拿着皮鞭的手从背后伸出来，慢慢往上举，但却停住了。

“别多嘴。”他小声地说。

但那撕裂般的笑声却越来越清晰。

“你可睡得真沉呀，亚伯托，”人偶笑着说，“就如年轻人般睡得那么死。”

“闭嘴！”

老头继续笑。

“现在你该看好自己的裤子，把裤腰带拴牢一点，你睡得那么死，会把裤子都丢掉的……”

那只拿鞭子的手又向上举了起来，也许，一眨眼间，老头就永远都不能笑了，可就在这时，大个子的儿子们拿了武器从帐篷里出来了，他们在叫父亲。

他们很快就走到了四特河拐弯的地方，气喘吁吁地站在河边。他们生平第一次发现，自己竟然能跑这么快，应该可以追上风的速度了吧。

他们每个人都清楚，被偷的船可能已经经过这里开走了。偷船的人也许就躲在这又长又曲折的河岸边任何一个地方。

但有种难以描述的感觉让他们隐约觉得，逃跑的人应该选的就是他们正在这儿等着的这条路。他们，尤其是大个子的俩儿子都相信，那个逃跑的人如果想要过自由自在的生活，那么就会尽量地顺流而下，一直到四特河汇入雍涅西河的出口处。当然，还有另外一种可能——有一条特别短的路通到河对岸，年轻人只需要步行就可以走到森林里，如果他选择这条路，那么他就可能在他们的眼皮底下给溜掉了，因为对岸是恩卡人的土地。

看得出来，亚伯托的怒气已经消了，虽然他努力隐瞒这一点，但是还是用凶巴巴的眼光看他们，说话也很粗鲁。对于今天凌晨发生的事情，儿子们是最无辜的。当他意识到这点时，亚伯托感到比跑步赶路时的心情还沉重。他体躯很庞大，这一次走得太快太久，让他有点喘不过气来。但疼痛往往就是这样产生的，这让亚伯托变得更理智。

“我们不该在这里等他，我们下去一点吧。”他说。三个人继续往前走。

俩儿子明白父亲在想什么：为瞄准那艘船，必须距离更近一些。因为这条河的水域面积很宽，水流很急，逃跑的人很容易躲过射来的箭。更不利的是，在宽阔的河面上几乎不可能抓到猎物。而他们这次是无论如何都得抓住他的，只有这样才能解他们的心头之恨，才能消除他在昨晚带给整个营地的痛苦。

不远处的河道开始变窄，水流也更湍急了。如果想把逃跑者杀死在行进的船只里，就必须趟过水流，追上船只。大个子的儿子有足够的力量这样做。

在河道最窄处的岸边，父亲命令儿子们做好埋伏。他们藏在柳树林中，相互间隔有三十步的距离。亚伯托应该第一个射箭。如果敌人受伤了，那么儿子们就负责去把他打死。但谁也没有想能否射中的问题。大个子交代好了儿子们应该怎样藏好，以免敌人发现后会直接逃到对岸去。这个大个子是个聪明人……他明白他正在做什么，他是经过考虑，对此事也有一点把握的。但突如其来的耻辱让他准备拼命去挽回自己的面子。

他想起了那个逃跑者，几乎就和他儿子一样，本也应该跟他一起住在森林里，在林子里讨生活。他想着他，对他已经不抱任何希望，因为他知道，按照他如今的想法，所有的一切似乎冥冥中注定就应该是这样的……

大个子此时的想法和猜测终于得到了证实。

一只船在不远处出现了。一看见这只船，其中一个儿子就学了声狗叫，亚伯托气得真想用鞭子抽他，可他遗憾地发现，他把鞭子忘在营地了……船异常平稳地行进，虽然没看见划船的人。

“他跳下去，躲起来了！”第一个暴露自己的那个儿子忘记了自己正在埋伏，竟然非常大声地说，“我看见了，亲眼看到了！父亲，快射箭！”

“坏蛋，杂种！”第二个儿子也开始大声地叫了起来。

大个子放了一箭，一支带有黑色羽毛的箭在河面上呼啸而过，最后插在了船中央。接着又有其他的箭飞过去，和亚伯托的箭排在了一起。

船开始侧翻，在水里打转，慢慢地向岸边靠拢，就像之前有人把着方向，而现在却抛下了船桨任由其沉浮。看来大个子的突袭成功了。当看见儿子们抛下武器，冲向水里抓住船的时候，他轻松愉快地出了口气。

亚伯托也使劲全力地跟着跑过去……

整个船底放着一棵半弯的，被砍掉枝叶的树，树上插满了大个子和他儿子射的黑羽箭。

除此之外，船里什么都没有。

亚伯托眼睛都不眨一下地默默地看着他们的“猎物”，最后说：“我回去一定杀了那老头。”

那天晚上丢的武器包括：一把角质弓，一个装了三十支箭的箭筒，一把长柄刀，一件绣满亮铁片的长皮袍，还有一把刀柄是用毛象骨做成的白色曲柄刀。

他的儿子们说得没错，这个人就是在清晨，当那轮圆圆的月亮已经躲在山上的岩石后面，太阳还没升起的时候，他就在这时完成了偷盗。

这人还成功地避开了防盗铃，不知不觉地从营地逃走了。

这人的个子实在太小，根本就拿不了那么多的武器，可他却全部给弄走了，还不忘拿走那绑在长柄刀和弓上的铃铛。看来，他早就知道这些追他的人的意图。

那人就是我。

我偷船只是为了渡河去营地的对岸。那天早晨，我躲在石头后面看见大个子的儿子们是怎么像两只白色的虫子一样蜷曲着身子跑来跑去地躲他们父亲的鞭子。

这是个很疯狂、很冒险的举动，因为我明白，我已经犯下了不可挽回的错误，本应该节约时间尽量跑远一点。可我还年轻，我是那么想看这一幕，大概我就是为了这才偷了东西逃跑的。

我是那么艰难地忍受着另一个人，一个对我做出粗鲁无比的行为的人——他在我面前突然跳起来，大声地叫，脱下皮猴儿，脱下裤子，向我露出屁股。

我已经被复仇的念头燃烧：我会让亚伯托寝食难安，让他发火，甚至为他设想了更糟的情况。过不了几天，关于他那闻所未闻的耻辱会传遍整个营地。到时候，人们会知道：他竟然被一个毫不起眼的小男孩偷走了所有的武器，现在他是个一无所有的人。

三个人在太阳下山的时候拖着船回到了家。当亚伯托和他的儿子们在森林里如追风般狂跑的时候，他家里的人已经不再想早上发生的事了。生活似乎又回到了原来的轨道——饭已经做好，正等着男人们回家享用，帐篷顶上又冒出了炊烟。父亲做出一副已经忘记早上耻辱的样子，和儿子们一起坐在大帐篷里，三个人抢着吃肉。大个子用小而有力的牙齿撕扯鹿肉，他脸上没有一点烦恼的影子——他好像很高兴那个让人诅咒的早晨已经过去，该死的一天即将结束。何况灰心丧气的情绪对大个子的影响从不会超过半天。家里的人都知道这点，所以并不惊奇，但也没有说多余的话。

当亚伯托吃饱喝足，把手往头发上一擦，腆着肚皮，往兽皮褥子上一躺，仰卧着休息的时候，母亲终究还是冒失地问了句：“他现在在哪里，你知道吗？”

儿子们愣住了，他继续躺着，看着烟囱的某个地方，平静地回答：

“在森林里，在他该在的地方。跑累了，就会回来的。但愿不要弄丢我的长柄刀。那刀完全是把新的。”

母亲松了一口气，又忍不住问：

“他是怎么搬动那些东西的？他个头那么小……”

但大个子就当没有听见，又躺了一会儿，然后满意地打了个嗝，用力地伸直了腰。

“你们回自己屋吧。”他吩咐儿子说，转身又对妻子说：“你自己先睡，我很快就回来。”

他走出帐篷，怡然自得地伸了个懒腰，然后向营地边走去，人偶住在那里。大个子勉强地挤进了帐篷，这帐篷还不到他的帐篷一半大。老头坐在灶边，稳稳地坐着，就像钉在地里的一根木桩。他的眼睛是闭着的。

“在睡觉吗，叔叔？”亚伯托大声问。

“没有，”老头马上回答，“我已经很久都不睡觉了。已经很多年了。”

“奇怪。”大个子做出一副很吃惊的样子，“我却觉得你总是在睡觉。不出声，眼睛也不看人。为什么？不想看到世上发生的一切？”

“现在发生的事，我以前都经历过了。”

在这里，在炉灶的火光里，亚伯托突然看见人偶是透明的，就像一片秋天掉下的落叶，只剩纤细而脆弱的叶脉，可在那叶脉上也曾有过叶肉的。

“你侄女儿说，好像你能看见将来发生的事。这是真的吗？”他最终忍不住问。

“想要知道预言？”

“想……如果，当然，我老婆没有骗人的话。”

“她是个蠢女人，而你也听信她说的。”人偶说，“为什么我应该告知你将来的事？你自己总有一天会知道的。你从不到我的帐篷来，而现在你来了。不为别的，就想告诉我……”

亚伯托大笑了起来。

“你说得对。”他止住笑继续说，“你不要激动，叔叔。我现在该走了，你让我烦了。”

“你今天就烦我了？”老头问，没有睁开眼。皱纹已经爬满他那没有牙齿的瘪塌的双唇，随着嘴唇的移动，露出了冷笑的表情。看见他的笑，大个子彻底无法容忍了，就像不能容忍一件被厌弃的不需要的东西。

“为什么这个小杂种要逃跑？”亚伯托狠狠地低声地说。

老头嘴唇上的纹路就像有生命一样动来动去，这让大个子看得快发疯了，可他一直努力地忍着。

“今天早上你还想打我，”人偶说，“为什么没有打呢？”

“如果你没有张开你那张臭嘴……”

但老头根本不听就自顾自地继续说：

“你要是用鞭子把我打死了，现在就不用来找我谈话了。你很愚蠢，亚伯托，因为你骗自己的奴隶说他们是你的儿子。奴隶是奴隶，儿子是儿子。早晚他们每个人都会知道他们到底是谁。其实他们已经知道了。约尔什就没教会你什么吗？”

突然大个子怒气全消。

“他要是还在这里，一定会把所有人都杀掉的。难道你不知道这一点？”

老头稍微向后靠了靠。

“自己的亲儿子可以用鞭子抽他，可以因为他的每个错误而打他，他却不会因此而疏远你。而你抛弃约尔什就像抛下一件令你蒙羞的物品一样，把它藏很远，就怕有人偶然给你找回来了。就算约尔什什么也不知道，可你以为，他就不会猜到他不是你儿子？他肯定会猜到的，当然，如果他现在还活着的话……而那个小杂种心中已十有八九猜到什么了，我只是帮他迈出了一步。我如果不这样做，那会是什么样的结果呢？你知道吗？”

大个子沉默着。

“你听我说，亚伯托，”老头几乎用请求的声音说，“你听我说，我可从来没有求过你任何事。你就聪明一点吧，不要再去找那个小杂种了。他很弱小，在你找到他之前他可能就已死在森林里了，如果你坚持要找的话。”

“不要再想你的那些武器了，”老头继续说，“你是个有本事的人，你会找到最好的刀、铁盔、铠甲，你会自己造一把最好的弓箭。关于你蒙受的耻辱就不要提了。要知道，你向来勇气可嘉，不会在乎这一点点羞辱。你是个可亲可爱的人，所有的不幸在于你没有把儿子和奴隶区分开来。”

听完这些话，亚伯托跳了起来，就好像有人从地下踢了他屁股一脚，差点把老头低矮的帐篷给撑破了。

- 短脖鹅 -

大个子是涅涅茨族，尤拉克人的一支——也就是卡玛尔人。他出生的时候,刚好有一行行的鸟儿在正午时分飞向萨彦岭——有时又被叫作天堂山。他父亲一直梦想到山的那一边，到一年四季都温暖如春的地方去看看。有一次，他已经快爬到山顶，看见山上冒出的白色石头了，可再也没有勇气向上走。那一天，他羡慕地看着天上飞过的成群结队的鸟儿，希望他的儿子能像这些鸟儿一样很容易地实现他的梦想。于是，他说：“他的名字就叫——亚伯托。”尤拉克语中的“鹅”。

亚伯托的父亲不太富有，甚至可以说是有点穷，但那个时候活得却轻松容易：人与人之间没有什么敌意，都很友好；母亲河里的鱼儿虽不是十分肥美，却足够多；森林也没有亏待大家，总是有野兽奔向猎人的捕猎套和倒在猎人的箭下；儿子不仅一天天地往高长，还更快地横着长。

在他四岁的那一年，有远方的亲戚到父亲的营地做客，看见小亚伯托，就把他抱起来。

“你叫什么名字，小胖子？”

“鹅。”父亲回答。

“鹅？”亲戚笑了起来，“可你的脖子在哪里？”

亚伯托根本就没有脖子——大脑袋就放在肩膀上，头发像针一样一根根地竖立着。

那亲戚哈哈大笑起来，父亲和亚伯托本人也跟着他笑起来。他不明白他们为什么笑，但当时的情景一直历历在目。

后来，当他开始打猎、捕鱼，跟着父亲学会一切捕猎本领的时候，甚至还参与埋伏袭击，可脖子始终都没长出来。最终，亚伯托明白了父亲给他取这个名字就是为了逗乐大家的。

他长得很壮实，可以惩罚任何嘲笑他的人。但，可以看出来，他的内心就像身体一样强大，就如河中屹立不倒的岩石，根本不在乎这些嘲笑。当有人嘲笑他的时候，他也跟着一起哈哈大笑，结果就像是他们一起嘲笑父亲的轻率随意。

由这事可以看出，亚伯托十五六岁的时候，他的内心是很善良的，也就是说在他肩胛骨之间住着善良的灵魂守护者。平时，这个守护者是沉默的，当大个子经受痛苦和委屈的时候，他就会醒过来。守护者会对主人说几句救赎、开导的话，而且从不会出错。

渐渐地，大家也不再提这个玩笑了，大个子也不再想它，可留在童年心里的屈辱却变成了对父亲的蔑视，这是蔑视一个大家认为很好很亲切，却不会抓住幸福的人。因为，幸福曾像一群毫无防备的鱼游向了他，但没被他抓住，又通过一个破网溜走了。

可亚伯托的父亲并不在意这些，他是个快乐、简单的人，生活得比较随性，没有规律。看着父亲这样，儿子只想着快快长大，在各方面都不要像父亲。最终，他实现了自己的愿望。

亚伯托的母亲在冬季营地转场搬迁中饿死了。父亲很快熬过了丧妻之痛。当他的两个大姐姐为了那点微薄的彩礼一个接一个地嫁到外族去，而他最漂亮的第三个姐姐被未婚夫偷走的时候，父亲难受得就像被断了命根一样，瞬间变老了，眼睛也失明了。亚伯托就把他安置在一间独立的帐篷里，尽心地赡养他，保证他衣食无忧。

三姐被偷走后一年，他就去找那些不受欢迎的亲戚。他们没按风俗习惯在指定的期限里登门请求原谅，要求和解，因此他把他们羞辱了一番。他去的时候没有带武器，所有人都认为，势单力薄的少年亚伯托是无力为家里所受的耻辱复仇的。但大个子的话说得是那么合情合理，态度又那么笃定而真诚，让那些亲戚们深感内疚。结果那个偷新娘的小偷被父亲用放鹿的长杆毒打了一顿，而亚伯托得到了一口锅、两把刀和一张新渔网。虽然用来和解的礼物很少,但大个子对此没说一句话,回到家里，好好地用这些东西过日子。

慢慢地，他成了最好的主人，各方面都不像他的父亲。当父亲失明的时候，营地里出现了新的粮仓，帐篷的顶变成了结实的弧形，而后，父亲留下的那条用兽皮做的打了补丁的船被换成了一艘新的，由一整块木头挖出来的木船。

更重要的是，在做这些东西的时候，他的心灵守护者给了他难得的提示，比如，在船中间立上一根高高的杆子，在杆子上从上到下再钉上一些横木，在这些横木上撑一张由几张缝在一起的大鹿皮。就这样，他的船快得像飞一样。而且，按照守护者的建议，亚伯托学会了逆流行船。他熟练地划着船桨，逆流而上和顺流而下一样快。人们惊讶于他的聪明智慧，有几个也照着这样做，但他们要么做得不太好，要么完全就没做成。看来，比起大个子肩胛骨之间的守护者，那些人的守护者是愚蠢无能的。

父亲去世的时候，亚伯托邀请了所有的亲戚。可来了许多外人，他们提起了父亲的随意和率性。他们都是涅涅茨人。那些外人说，当看到粮仓、鹿皮和船的时候，他们就会想，要是死去的父亲不那么随意轻率，而是像儿子一样能干精明就好了。大家告诉亚伯托，如果他一直这样能干，那么森林里不会有比他过得更好的人了。

很快，亚伯托结婚了，并添置了几头鹿开始放牧。善良的守护者高兴地、默默地看着这一切，他确信，亚伯托走着正确的道路，那条路上不会有危险。亚伯托是正确的，他因此而过着幸福的生活。

他知道，不是所有的人都对他有好感。他拒绝参战，因为他看到了战争的毫无意义，由此，有几个人认为他是懦夫。但说这话的那些人知道亚伯托的另一面：他把自己的勇气，就像储备的粮食一样，只在打猎的时候表现出来。当然，在必要的时候，他会打破任何一个人的头。因此，谁也不会当面叫他懦夫。

他还知道自己另外的一个外号——兀鹫。有好几次有人看见他在破败的、没人居住的帐篷里，谁也没有看清他在那里找什么。可亚伯托知道，每一件，甚至是被丢掉的东西，就像每一个人和每一头野兽一样，在世界上都有它自己的位置。那些不这样想的，按另外一种方式生活的人是愚蠢的。他对亲戚们表达过他的这种想法，他们认为他是对的。

活了很多年以后，大个子没有找到自己有什么可指责的。

也许，只有一点他做得不太好，葬了父亲后，他按照所有人的做法用木头刻了父亲的塑像，却没有为塑像上供食物贡品。可实际上，双目失明的父亲一直到他生命的最后一天都吃得饱饱的，从没有听到儿子对他抱怨什么。不仅仅是父亲，其他生活在亚伯托身边的人，都被这个强壮而善良的人照顾得很好。

就连人偶这个恶老头都是因为他才活到了今天。他与妻子结婚半年后，妻子娘家的牧区闹瘟疫，夺走了她所有亲戚的性命，除了这个老头，于是亚伯托就把他领了过来。这些年亚伯托没有亲自给他送过食物，且一直忍受着他那不知好歹的沉默，甚至有时还说些辱骂的话。亚伯托没有忘记这些。但他听从自己的守护神的意愿，从不需要求助于别人。

现在大个子等着守护神告诉他：老头的话，他的笑声和嘲弄还不如狗吠声。可守护神没有任何暗示……

在这让亚伯托蒙羞的一天里，亚伯托感到自己的生活不仅发生了转折,而且完全改变了航道,正向一个不正确的方向流去。而此时，他的守护神却一直沉默。

终于，他对老头说：“我们很快就将沿着河向下转场了。在河对岸，我知道有个好地方。我会把你放到那里去。我希望，恩卡人会看见你，且最终会想到你的存在。你准备一下吧。”

大个子转身准备走。

“嘿！”老头叫他，“你不担心我会像狗耳朵一样跑了吗？”

亚伯托唾了一口口水，走出了帐篷，然后清楚地听到背后一声熟悉的枯树枝断裂声。

他向自己的帐篷走去，安静的妻子正在被窝里等他。突然，他好像听到了什么。守护神在他的背上打了一下，周围的光线一下子变暗了。

残酷无情的想法就像天上的一团火喷在大个子的头上。他膝盖跪地，用双手抓住头。

“奴隶……残废……我怎么就没有猜到，我怎么就没有想到……”

从大个子体内发出一些奇怪的声音——他一会儿大吼大叫，一会儿大笑。

“亚伯托！”一个很高兴的声音叫起来，“你没有长脑袋！”

- 孩子们 -

他没有睡，他一直在记忆里搜寻生活发生改变的那一天。

大个子看着那块已经空了的帐篷前面的部分。还在昨天，在灶火的映射下，他的武器在那里闪闪发光。可思想一下子又从美好的回忆跳转到该死的那个晚上。

他不禁又想起了其他的事情——那是闪烁着秋天和太阳的

五彩缤纷的一天，阳光散落在河里，一片波光粼粼。

亚伯托想着想着打了个寒颤，因为那天的颜色和今天的太像了。那是十六年前的一天。

他给大儿子取名叫亚伯通卡，又叫鹅腿，因为他认为儿子是他身体的一部分，而且总有一天，儿子会追随他学会所有本领，继承他的衣钵的。在那些日子里，亚伯通卡迈出了第一步，开始走路了。小儿子叫亚维列，也叫亮闪闪，因为当他躺在摇篮里的时候，他的头发黑亮，脸颊闪闪发光。

大个子的妻子叫乌玛，人称亲亲女，她来自焦耳族，是克里克人。她当时又怀孕了，哭着闹着要吃大河里的肥鱼——哲罗鱼和鲟鱼，这些鱼在四特河里几乎没有。如果丈夫不满足她，她就把肚子里的孩子打掉。她是这样的倔强，以至于一向只按自己意志办事的亚伯托比妻子还更想捕到肥鱼。那时，人们长途跋涉不仅仅为了捕到足够多的肥鱼填饱肚皮，而且他们相信，美味多汁的鱼肉会化成能量储藏在身体里陪他们度过漫长的冬季，一直到来年的春天。

大个子的船走了一天就到达了河谷口。后来又走了七天。这七天里有快乐也有不愉快。他划着带鹿皮帆的船如刀刃般在雍涅西河平坦的水面逆流而行，亲亲女惊奇于他的力量和耐力。

大个子一路想找一个地方作为暂时的宿营地，但最后落脚的地方是在迫不得已时偶然找到的。

有什么东西敲击了一下船底，坐在船尾的亚伯托看见船身把一具尸体擦了一下。尸体在河里打着转，被卷进了漩涡，大个子就在那一瞬间看了一下，只看清了那双裸露的脚，大概河水冲走了他的翻毛皮靴。

女人和老头对船底的撞击声没任何反应，有可能他们没有听见。亚伯托正准备讲那个死人的时候，他看见了岸边，就没有说什么，直接把船向那个本不该去的方向划去。那里是一条无名小河的河口，因为那里看起来是别人的一片林地，因此免不了和主人会有一场争吵。从远处看，亚伯托凭经验判定，那里发生过战争。

“你为什么去那里？”乌玛有点惶恐地问。

“想看看……你别多嘴。”

他们不知道这营地是哪个族的。这儿地势很平，上面长着不高的草，整个营地被一片呈半圆形的森林、一块巨石，以及河边的三块石头包围着。

帐篷裸露的灶上还冒着烟。敌人把这一片尘世的烟火之地变成了一个杳无人烟的地方，没有留下任何有生命的东西。

亚伯托沿着这片破败的营地慢慢地走着，他想在草丛里找到一点什么，不是为了贪图小便宜，而是出于好奇。他什么也没有找到，除了一块鹿头形状的石头，上面溅满了发黑的血，血还有些黏稠，应该是不久前从人的身体里流出来的。亚伯托想，也许当敌人入侵时，营地里根本就没有男人，饥饿的敌人不费吹灰之力就抢走了一切。而这些血，会是哪里来的？肯定是他们把女人们作为战利品带走时，她们用随身带的劳作需要的刀进行反抗时受伤而流的血。

亚伯托的那些卷着尾巴，非常淘气的狗儿们也在自顾自地找着什么，大个子把它们完全忘了，当听到它们叫声的时候，他才想起来。在树林的某处响起了那只年轻的黑卷毛母狗的叫声，那是一只在捕猎松鼠时不可替代的好狗。亚伯托小心地走过一片潮湿的长满青苔的石头路，循着声音跑过去。他找了很久都没能找到那条狗，突然想起，当黑毛狗发现树上的猎物时，即便没有主人的命令它也会自己去捕猎的。可当他看见它的时候明白了，猎物不在树上。那母狗弯着前爪，狗脸贴到了地面在不停地叫，好像要把洞里的野兽给赶出来。面前的猎物让亚伯托惊讶无比，一时间不明白眼前的是什么东西。在一个不大的洼地里，在三棵高高的落叶松之间坐着两个孩子。他们坐在那里一动不动，就像两根被打入地下的木桩。其中一个小孩明显比另一个块头大，他们都不哭不闹。他们脸上溅满了污泥，一些小块的垃圾贴在他们的两颊上，看上去，这俩孩子就像从地底下跑出来的一样脏。黑狗不停地叫，大个子怎么吼都不能让它安静，于是他向狗扔了块石头，狗惨叫一声跑走了。

周围安静了下来，亚伯托不知在那里看了多久。这时，个子小一点的“木桩”侧身倒在了暗绿的青苔上开始叫起来。细小的哭声就像一张薄薄的摇摆的蜘蛛网向整个森林铺开。接着，另一个“木桩”也哭了起来，他站在那里喊叫，像鱼一样大张着嘴，眼泪从眼里喷涌而出，在脏脸上留下很宽的两道泪痕。现在是两个哭喊的声音交织在一起，穿透了整个森林。哭声在这片被废弃的营地附近被听得真真切切。

亚伯托的全家也循着哭声从岸边跑了过来。跑在前面的是背着小儿子的亲亲女。大儿子被人偶牵着，那时他已经老得忘记自己的名字了。

那时，大个子和妻子在一起生活还不是太久——三年多一点。他每天都确信，他老婆完全没有辜负自己的名字，他们焦耳族——被叫作“尖叫的人”。

被叫作亲亲女的这个女人还是小姑娘的时候就喜欢爬向所有的人，无论是亲戚，还是陌生人，甚至包括狗，都要求拥抱亲吻。出嫁以后，只要一闲下来，那么每时每刻都要求温存。做爱的时候，那叫喊声能惊散营地周围的一片飞鸟。

为得到这个如鲟鱼肉一样水嫩爽滑的姑娘，亚伯托送出了几十张北极狐皮、狐狸皮和紫貂皮，还有一口石锅——这些差不多是父亲留下的财产的三分之一。他非常担心，即便是像他这样年轻强壮的男人也没有足够的精力守住这样风情万种的妻子，总有一天他付出大笔财产得到的女人会背叛他。

可当乌玛连续生了两个孩子以后，亚伯托明白了，他的担心完全是多余的，亲亲女真正的激情不在于男女之欢，而是生养孩子。

看来，生育对她来说不是一件痛苦的事，而是一种满足。乌玛自己说过，想成为一条鱼，那样就可以像产卵一样一个接一个地生孩子。现在，她已经生了两个孩子，她对他们大声地吼叫，似乎从中找到的愉快和满足不亚于做爱。

从他们在一起生活开始，亚伯托就给自己定了个苦差——把亲亲女调教得服服帖帖的。随着时间的推移，他做到了。当时，在那个破败的营地里，乌玛背上背一个，肚里怀一个，不但不觉难以负重，反倒让她的双腿变得更加有力。她第一个冲到洼地里，抱起最小的那个，用手掌为他擦脸，接着又抱起第二个，也帮他擦了脸。

看到这情景，亚伯托明白，事情已经解决了。但他的心却突然收紧了一下，有点怀疑和不安。

“等等。”他说。

大个子预感到妻子会说什么，但他预感错了。乌玛把小的那个放到地上，站起身，伸手猛力扯了一层如被子一样软软的青苔。接着她转向丈夫平静而坚定地说：

“有人把他们藏在青苔下面，所以他们活了下来。”又补充说，“我再也不想吃肥鱼了。”

她最后说了一些废话，是那些根据本能就觉得没必要听的多余的话，所以亚伯托也就不记得她最后说了什么。面对眼前的情景，他开始厘清了头绪：他得到了一件从未有过的猎物，这是俩小孩，一大一小，大概和他自己的俩儿子年龄相当。他顿时看见有四个战士围在身边——高大帅气，就像狗一样对他十分忠诚。眼前的幻境是那样的清晰，看得大个子咧嘴笑了。乌玛看见他在微笑也就心领神会了——丈夫和她一样也快速坚决地做了决定。

大个子双手亲自抱着俩孩子向岸边走去，他们的船就停在那里。俩孩子已经不哭了。只有当乌玛用手捧起河里的水为他们洗脸的时候，他们才哭了一下。

河水向她揭开了让人惊奇的一幕——俩孩子长着一模一样的脸。

乌玛死死地看着，竟然没有找出一点点细微的区别。在树林里的时候，亲亲女和大个子都不约而同地认为这是年龄相差一岁的俩兄弟，就像他们自己的俩儿子也相差一岁，因为其中一个比另一个明显要壮实很多，而且高出了差不多半个头。

乌玛叫来丈夫。

“他们像是孪生兄弟。”她说。

“别胡说……想想别的吧，该喂他们了，喂什么呢？”

乌玛熟练地解下背上的皮制摇篮，摇篮里是四个月大的亮闪闪。她把摇篮放到自己面前的草地上，开始解开夏季皮衣的带子。

“告诉叔叔不要往这边看！”她大声地说，亚伯托还没反应过来，就看见她腰以上都裸露在外面了。她的两个乳房上青筋脉络清晰可见，一直垂到圆滚滚如石头一样的肚皮上。

“这里够喂所有的人了，”亲亲女笑着大声地说，“够整个森林的人。把他俩给我。”

亚伯托把孩子递了过去。

“自己找，”乌玛说，“既然饿了，自己找到就吃。噜……”

孩子们躺在那儿不动。乌玛就使劲把他们的头向自己胸前靠——大一点的孩子有点被憋着了，呼哧呼哧地大声喘着气，可他怎么都不张嘴；小一点的使劲全身力气把头别向一边，也准备要哭喊了……

这时，躺在母亲脚下摇篮里的亮闪闪哭了起来。而那一边又传来和老头待在一起的鹅腿刺耳的哭喊声。亲亲女自从生了焦耳后就开始喜欢大声地哼歌，这时她也只好停止刚开头的歌声。

她的两个亲生儿子刚一开始哭闹的时候，这两个才收养的孩子就开始吃奶了。他们吃得那样贪婪，就像两只饿了很久的小狗崽，不时地被呛得直咳。

“你走开。”乌玛对丈夫说，又大声地把大儿子叫过来。

亚伯通卡向母亲跑去，他走路还不太稳，双脚老打架，好几次都脸朝下跌倒在岸边的石子上，因此他的哭声也越来越大，越来越愤怒。

短脖鹅向小船走去，老头坐在船旁边一根被河水冲到岸边的木桩上。大个子背后传来断断续续的声音让人想起打仗的情景。哭闹声中他只听到几句熟悉的话："别嚎叫了……简直就是贪吃的小老鼠……够你们所有人吃的……"在另一边，亚伯托和老头开始了谈话——这是他们之间仅有的几次谈话中的一次。

"你为什么要收养他们？"老头问。

"他们是男孩。"亚伯托说。

"难道你自己没有男孩？"

"他们长大后一定和我一样孔武有力。"

"要他们长大，就得喂他们吃的。而长大了还得给他们娶媳妇儿。难道你很富有吗？到哪里去弄彩礼？那将会是四份彩礼——当然，如果所有的孩子都能长大成人的话……"

大个子转过身，把脸凑近老头，诡秘地笑了一下。

"只要我没死，他们就会跟着我。在这期间我会积攒足够的彩礼，多得可以把森林里的姑娘都娶回家。到那时，他们想怎么过都行。"

他们无语地盯着对方看了一阵。最后，人偶打破了沉默。

"记得那句古训吗？"

“什么古训？”

“就是关于记忆不是靠头脑延续，而是靠血液。人们是通过血液一代代传承的。”

“你这是说什么呢，老家伙？”

“好像你不知道似的。他们长大后会复仇的。”

短脖鹅听后大吃一惊，差点没跳起来。

“你说这话的时候，你脑子里在想什么呢？是我救了他们的命。我如果不救他们，只需过一天，他们如果不被狼吃掉，就会在夜里冻死。”

这时，老头站了起来，而且很生气。以前没人见他生过气。

“你知不知道他们是哪个民族的？他们信什么神，什么神保护他们？这些你都知道吗？你是谁，你有什么权力决定别人的命运？”

“我就是他们的命运，”亚伯托平静地说，说完后走到一边去了。

关于这些孩子所属的民族，根本无从了解。他们年纪太小，只学会发一些含混不清的音，他们说的意思，只有非常亲近的人才能弄懂。

他们终究还是吃到了大河里的肥鱼，几天后返回到自己的营地。亚伯托甚至没有升起自己的鹿皮帆，而且也只稍稍划了一下桨。

他们从雍涅西河回来三个月后，乌玛生了一个女儿。她的名字叫娜拉，人们也叫她春姑娘。

女人潜在的直觉让乌玛认定，这俩孩子是同时从一个娘肚子里生出来的，他们是孪生兄弟。她相信自己的感觉胜过看见的，而且她肯定地说，个子大的这个先把娘肚子里的营养吸干了，所以他出世的时候个头比弟弟大两倍。

养子们在生活中的一些表现也证明了乌玛的猜测是正确的。

他们不仅有长得一模一样的脸，他们还同时生病，同时哭，同时要求吃东西，同时开始走路，同时说出第一句话，两个人还一起和她的两个亲生儿子玩耍，他们做什么都在一起，完全就是一个连体。

过了一年，又有其他的事情被发现。

两个孩子有一张难以区分的脸，生活也把他们锤炼成了一个统一体，但他们的内心世界只是相似，就像黑熊和考拉一样。

当大点的男孩长出牙齿的时候，他就开始用他的牙齿去啃父亲的手指。亚伯托通常不太会逗孩子，但为了取悦这个新近得到的儿子，他就去刮他的鼻子，小孩像蛇一样快速地钻进亚伯托那只抚弄他的手里。短脖鹅哈哈大笑起来，又把手指凑近小孩的脸，可小孩用两只小手抓住他直接往嘴里送，使劲咬了下去。亚伯托哈哈笑着缩回了手，他是真切地感到了疼痛。就在那天，大个子给这个养子取了一种小鱼的名字，这种小鱼如果不被刺伤是不可能被抓到的——这种小鱼叫作拉尔，也叫约尔什。

而小的那一个很安静，常常让人感觉不到他的存在。有时连乌玛这个常被孩子包围，对孩子无比关心的母亲也会忘记他。然而他是孩子们中第一个开口说话的，而且说得很清晰，不仅仅只有亲亲女能明白。可有一次这个不起眼的小孩让大家都刮目相看。那是一个春天里，雪已经融化了，这个没有名字的小孩向锅边走去，那里坐着父亲和母亲，他伸出一根小手指指着天空说：

“鸟鸟……嘎……嘎……”

“他在说什么？”亚伯托问。

“鸟，”乌玛回答。“他在给我们学大雁的叫声。”

大个子转身看天空，可那里除了厚厚的一片云，什么都没有，他大笑起来。

“你在哪里看见了鸟，小东西？”

他们各自去忙自己的事了。直到中午，太阳爬到春天里最高位置的时候，大家已经忘了这小孩说过的话。他自己又一次提醒了大家。他向锅边跑过去，当时，父母又坐到了一起，他用手指着天上的某一处，大声地喊了起来：

“嘎……嘎……鸟鸟！”

亚伯托已经扯开嘴唇在笑了，可他突然停了下来——他听到了一个熟悉的声音，他跳了起来，抬头看见在湛蓝的天空里清晰地绵延着一条线，就像是一根被折断的树枝。这是今年飞过的第一队大雁。

“他竟然猜到了！”大个子坐到火边的一根树干上，欣喜地说。

大人们很快忘了这段插曲。但在第二天早晨，这个没有名字的小男孩又走向了父母，又手指天空说：“鸟鸟”。然后又过了半天的时间，从那个被小手指过的方向飞出了一队大雁。这样重复了几次，他一次也没有弄错——被折断的树枝、蛇形、一群大雁出现，这一系列现象就像是按他的吩咐在做。短脖鹅开始想这些奇怪的事情。此时，乌玛给叔叔送饭回来了，她告诉丈夫：

“没什么奇怪的，他只是提前半天听见了鸟儿飞翔的声音。”

“胡说。”亚伯托说不信。

“我没乱说。曾有这样一件事：一个瞎老头带领自己的部落赶路，他只要尝一尝泥土的味道就不会走错方向。因此人们叫他聪明的舌头。”

“那我们这个就叫——狗耳朵。”大个子说。

就这样我有了自己的第一个名字——文卡。

- 拉尔 -

拉尔在刚学会走路的时候就开始打架了。

那时候，甚至到更晚的时候，母亲根本不会过问是谁把谁的鼻子打了之类的，也就是说，乌玛对于儿子们打架一事是视而不见的。当她把扭打在一起的男孩子们一一分开的时候，她会给每人一拳。只是后来，亲亲女开始发现，任何一个男孩都可能参与打架，但每次都有约尔什。她向丈夫暗示了这一点，但他吩咐她保持沉默，不要过多干预。因为男人打架，就像女人缝纫和砍柴一样是永恒的规律。

亚伯托自己在远处抄着手观察了儿子们的几次打架，并刻意记住了谁擅长什么。鹅腿是打架的好手，亮闪闪的度把握得很好，狗耳朵最糟糕，而只有约尔什能成为一个打熊的好手和出色的战士。

亚伯托对于养子强过自己的亲生儿子这件事没觉得丝毫的不安。

这样过了几年。当打架过程中开始出现流血事件时，亚伯托也没有把它当回事。但他不知道大家打架的原因何在。几乎每一次打架都为一件事：拉尔想要保护弟弟。因为我个头矮小，总是受到亚伯托亲儿子的排挤，他们不让我参与游戏，或者给我一个什么都不是的角色，甚至受欺负的角色都轮不到我。拉尔比我先发现了我受的屈辱，于是就抡起拳头和他们打了起来。

但大个子并没有把我们区别对待。到了我们可以打猎的时候，他根据每个人的力量给每个儿子粘了一把弓，开始带着我们去打猎。我还记得，我带回营地的第一个猎物是一只黑琴鸡。

那时的生活是平静的。

生活正朝着亚伯托设计的轨道走下去，但突然又被卡住了。

拉尔把亚伯通卡的头打破了。

他们这次不是打架——而是按照定的规则进行决斗。期间有几次短暂的搏斗，每次都是我哥哥占上风。但亚伯通卡表现得很顽强，一再要求继续打。最终拉尔被他的纠缠激怒了，把他打翻在地，抓起他的头发，把他的头往石头上猛撞了好几次。

亚伯通卡不再要求继续决斗了——他的脸上流满了鲜血。像个老头一样，挣扎了很久才从地上爬起来，勉强抬起腿向父母的帐篷走去，半路又跌倒在地，然后开始呕吐。所有的人，包括拉尔，都被吓傻了。我在大家没注意的时候跑去找母亲。

乌玛伏在儿子身上不停地喊叫，就像在叫一个死人。

父亲把拉尔带到营地外面，叫他脱下皮猴儿，用皮鞭抽打他一直到流出血来。两个年轻人都躺下养伤。但年轻的身体总是恢复得很迅速。很快，两个人都可以下地了，他们相互看对方就像是两只不同主人的狗一样，准备在一瞬间扑上去，把对方一口口吃掉。但他们知道一家之主正看着他们。

亚伯托知道兄弟间的关系很紧张，但他并不为此担心。根据自己的经验，他知道，年轻人之间的仇恨来得快，去得也快。可他错了。过了一个月，他的大儿子靠在亚维列的肩上从森林里走出来，这一次他脸上没有流血，从他走路的姿势看出来，他的腹部受伤了。

这一次大个子没有打拉尔，而是把他锁进了仓房。他觉得，比起男孩间的普通打架斗殴，即使因为仇恨引起的，那也一定有什么更重要的事情发生。

亚伯托这次是这么做的，也是这么想的。他的预感是正确的，虽然他没有看见主要的问题所在。

我是那场打架的见证者。

父亲命令亚伯通卡、拉尔和我去岸边砍些柳条用来编织捕兽器。刚到帐篷被一片树林遮住的地方，亚伯通卡和约尔什停了下来，相互对视，默默地把刀扔到地上，然后扭打了起来。

他们打了很久，直到拉尔在亚伯通卡胸口上踢了几脚后才停下来。亚伯通卡当时就倒在地上，蜷成一团，疼得在地上打滚。

就像知道一切似的，亮闪闪从营地跑了过来。我们都吓得待在一边，看着特别难受的亚伯通卡。当他吸第一口气的时候，拉尔伸手去拉他，帮他站起来，可他坚持自己站了起来，呼吸困难地说：

“你等着……总有一天我会从你的背上踩过去。”

他看着我。

“还有你。我们会踩着你们的背。”

说完这些，亚伯通卡开始往下倒，他弟弟忙把他扶在肩上。

他们向营地走去，拉尔和我留在了岸边。亚伯通卡的话让我们很震惊，以至于忘了可怕的惩罚。我们看着对方，似乎在问——那是什么意思？拉尔和亚伯通卡不止一次相互撂下狠话，但这一次的这些话却很特别，我们感觉到，在他的话里，除了仇恨以外，还有其他的什么意思。

我们和亚伯通卡那时都已十五岁了。大个子要求保密，所以有关我们的出身我们一无所知，我们以为我们是亚伯托和乌玛的亲生儿子。

大人们直到那一天都生活得很平静，看见儿子们慢慢地长成了男子汉，对此他们很满足。但他们忘了，他们的思想也在成长。

在童年的早些时候，亚伯托的两个亲儿子没有注意到文卡和拉尔有一张一样的脸。现在他们发现了。此外，亚伯通卡开始像父亲一样横着长，而亚维列的身体很柔软，脸颊就像母亲一样肉嘟嘟的。而这两个呢，虽然身材个头不一样，但都很干瘦，都有一张长长的鹿脸。他们的头发是暗灰色的，不像营地其他居民都是亮黑色的头发。

从出生到现在，孩子们之间都没有做任何区分。但在大个子儿子的脑子里一直有很多疑问。

有一次，亚伯通卡问母亲，她什么时候生的文卡和拉尔，是在生他之前呢，还是在他和亮闪闪之间。问题提得很意外。她当时正忙于干重活——她在刮兽皮，当时不能马上回答，也回答不清楚。

“就是这样的呀，”她慢慢地说。“你是哥哥，亚维列是弟弟。”

亚伯通卡还想问，他比那两个长同一张脸的兄弟大多少岁。但母亲把他赶走了。很明显，儿子的好奇让她觉得比刮兽皮还难对付。脑子里的疑问越来越重，他鼓起了勇气直接去问父亲：

“为什么拉尔和文卡长得不像你和我们？也许，像母亲……”

他还没来得及说完，大个子就一巴掌打到了他脸上，顿时，脸上火烧火燎的感觉熄灭了他心里的好奇。从那以后，他对此事保持沉默，再也没有问过什么。

对于自己心照不宣的事情，尤其是有一定危险的事，是不应该多问的。亚伯通卡虽然什么都不知道，但真相对他来说就像阳光一样清楚明亮：文卡和拉尔不是他们家的人。母亲用沉默，父亲用耳光确认了这一真相。

他把这个令人欣喜的秘密跟亮闪闪分享了。从那时起，这两兄弟间的关系更加亲密，总是偷偷地长时间在一起谈起家里这两个外人的命运。至于那一句“我们将踩着你们的背走过去”是亚伯通卡脑子里一直想着的，所以也就很容易脱口而出。因为他坚信，他是和一个外人在决斗。

现在被毒打的亚伯通卡已经坚定地相信，事情不会有另外的可能了。早晚父亲会让长着一张鹿脸的兄弟认清自己的位置的。应该只是时间的问题，可遗憾的是，那一刻来得那么慢。

亚伯托并没有揍拉尔，而是把他锁在了一间空仓房里，并且禁止给他送吃的。在亚伯托看来，这是最明智的一种做法：当饥饿撕裂这个小野兽的时候，他就会弄清楚一切情况，把疑问像撕碎缠绕的蛇再扔出草丛一样查个水落石出。

可他的计划又落空了——乌玛把他的企图给破坏了。她一整天不停地用汤汁喂生病的儿子，而晚上回到大帐篷的时候头发凌乱，因流泪变得憔悴不堪，她跪求丈夫：

“把拉尔带走吧，把他带走……”

亚伯托力图安慰妻子，那晚好像他也做到了：乌玛背对着他睡着了。但第二天又向他吼叫，并重复着同样的话。第三天还是这样。乌玛吼得坚定而可怕，希望以此来摧毁大个子的意志，但这却激起了他的愤怒。就像大火烧开了锅底的水，把滚烫的漩涡直接推上水面一样，亚伯托的肺都快气炸了。而亲亲女却不停地吼叫：

“你违背了古训，把外人的血统，外人的灵魂领进了家门！叔叔是正确的。”

亚伯托把老婆打了一顿就走了。

在远离营地的地方，他很快给自己搭了一个小的行军帐篷并住下了。

他的守护神告诉了他令人忧伤的事情，就算没有它的提示他也明白：他想拥有四个对他言听计从的忠诚勇士的梦破碎了。

他付出一切的艰辛、耐心和善良都化成了泡影。他想起了孩子们的小手指，是他亚伯托亲自手把手地教会了他们拉弓射箭。

他意识中曾经还不清楚的那一部分终究让他明白了：所有人都是对的，除了他自己——老头、老婆、儿子，甚至拉尔都是对的，他们做什么，怎么去做都是他们出生前就定好的，这是他们的命数。

对于乌玛来说，孩子们和亲人的欢笑和痛苦已经不像从前了。不是她本人，而是她流淌血液里住着的一个人在帮她选出自己真正的孩子。

大概同样有一个灵魂住在性格暴躁的养子的身体里，正对他讲述着他们自己的事情。

家里的人没有去找父亲，虽然都知道漫长的冬季就快来了，这是该储备粮食的秋季的最后时光了，他们都非常安静，就像老了、失去行动能力的狗一样。

在一个明媚的，空气清新得可以清洗心肺，冷空气还未降临的早晨，亚伯托精神抖擞地走出帐篷。他又恢复了力量。

家已经支离破碎了。要让一个家庭团结在一起就必须像冻原带上的牧人一样不必恳求每只鹿进牲口圈，而是用鞭子、棍子、狗和恐吓把它们赶进去。亚伯托知道他该怎么做。

很久以前，当他还是个少年的时候，父亲带他去远足，这是尤拉克族人和通古斯族人家庭聚在一起通常从事的一项运动。他们走了很远，远得让亚伯托觉得比游牧一辈子的迁徙距离都远。他们到了雍涅西河的上游，那里的居民饲养树林里从未见过的野兽——马和绵羊。

他们一直走到一个地方，那里的树林外面是一片裸露的山丘，山上耸立着一块块的巨石。山脚下是茂密的森林，山上却终年积雪。

那里发生过战争——一场激烈的战争。亚伯托想起了那个被杀死的敌人，他手里还拽着一根棍子，棍子的另一端有一根长长的用细皮带编织的鞭子。父亲的战友都聚在那敌人的周围，从样子上看，那人的军衔还挺高的。

“这是干什么用的呢？”还是少年的亚伯托指着棍子问。

“是放鹿用的吗？”

“不是，这棍子用来赶鹿太短了，”父亲大笑起来。“这是用来抽打人的，不用来干别的。”

亚伯托的家境并不富裕，养的鹿也不多，而且是用来转移牧场的。类似的东西对于他们来说都是很多余的。但现在亚伯托坐在行军帐篷里想起了这些，好几天他都在回忆这样类似的往事。

鞭子是个让人很惊讶的东西。它向亚伯托揭示了一个真相：一个人不会对挨打表现出无所谓的。每一次敲打都会带来好处。在愤怒的时候一个人被用手还是用任何手边现成的东西打都能忍受并会原谅这种抽打。也有另外的情况，当出现一件专门用来惩罚人的东西的时候，而且那东西还做得非常的精致。这样的武器能治好任何一个人的倔脾气，让他们变得像软泥一样最终妥协屈服。

用鞭子最终会把人调教得符合他的要求。

紧握着新得到武器的刀把，亚伯托对老头关于存在血液里记忆的话终于释怀了。他为了内心无愧，立马觉得应把养子当作继承人来养，而不是奴隶。养奴隶是件很麻烦的事情：必须看管守住他，而且要记住每一个奴隶，不管是被制服的和容易说话的奴隶，甚至还从那森林的水洼里捡回的……即使亚伯托不会看到被四个勇士围着的那一天，纵使只有两个那也不错了，那也是别人没有的。现在，大个子知道了怎么平静地生活下去了。

“别敬酒不吃吃罚酒，”亚伯托扯着嗓门儿大声地说，快速地收好行军帐篷，向营地走去。

差不多四五天的时间父亲没有在营地出现，谁也没有去过关约尔什的仓房。

我很想去，但我没有足够的勇气和胆量。

但大家明白了一件事，即拉尔做的那些事已经不可能用打斗来掩盖了，仿佛只有死路一条。但请相信一件事，一家之主会打自己的儿子，一般的人却不能。

亚伯托腰间拴着一件新物件儿回到了营地。他的老婆和儿子们从没见过类似的武器，但也没问它的用途，因为他们没敢提这样的问题，而且也没那必要。

大个子的老婆看到鞭子后也看到了老公的变化而变得很安静。

但亚伯托回家后并没有对大家很凶，甚至他看上去原本就很善良。他走向自己的大帐篷，坐到滚烫的火堆旁向妻子要了一把小刀用来切肉。

“你是知道的，我喜欢用小刀吃饭，”他很温柔地说。

乌玛跳起来走到帐篷的另一边把丈夫要求的菜端了过来。

“我知道。”她坐在对面静静地回答。

大个子不慌不忙地吃得非常满足。吃饱喝足后，习惯性地用手指顺顺头发，然后背朝下躺着休息。乌玛一直在猜丈夫会说什么。亚伯托感觉到她会问什么，就一直躺着假寐，还舔了舔油腻的嘴唇。乌玛刚开口想问要不要叫儿子们过来，亚伯托自己开口说话了，但还仍然躺着：

“去叫亚伯通卡和亚维列，让他们去粮仓把约尔什放出来。”

“带到这儿来吗？”

“干吗到这儿？这儿不欢迎他，带他去他自己的帐篷。”

亲亲女快速站起来就往外走，她显得很慌乱。

“而你呢，先喂喂他，不要一下子给很多，给他倒碗热鱼汤就行了。你快去吧。”乌玛停在门边听丈夫说完这些话。

亚伯通卡和亚维列顺着梯子爬上粮仓，粮仓建在足有一人高的木桩上。他俩一起从门槽里拔出门闩。

拉尔脸朝下躺在角落里，双手放胸前压着。

“起来！”亚伯托大儿子朝他叫了一声。

拉尔没动。兄弟俩决定不靠近他。

“死了？”亮闪闪怯怯地问，“你看……”

这座粮仓是亚伯托不久前修建的。在很多新鲜的松木上还有记号，就像熊在自己领地上画的标记一样。约尔什虽然很饿，但他更想喝水。他一直舔着木头里的水，为了能够喝着水，他的手指和嘴都磨出了血。粮仓里有个小缝隙，是用来透光和透气的，通过这个小缝隙可以伸出手去接雨滴，可拉尔很不幸，在他被关的这几天，天气晴朗而干燥。

“他吃了木头。”小的那个同情地说。

“你看见了？”

亚伯通卡沉默了一会儿。他深吸了一口气，果断地向约尔什走去，抓住他的肩膀，把他面朝上翻过来。大概他真以为拉尔已经死了，因为当拉尔自己坐起来的时候，他吓得向门口跳了过去，而亮闪闪则冲向了另一角落。

拉尔看着兄弟俩笑了，露出的牙齿被血染成了粉红色。

“起来！”亚伯通卡向他吼了一声。“父亲命令我们把你带回帐篷。”

“你别催，我这就起来。”

他本想展示他的活力，他试着跳起来，就像清晨从被窝里跳起来一下子就站到床下一样，但他一下子瘫软在地。他眼前一黑，模模糊糊地看见一些奇怪的东西。兄弟俩把他扶起来走向门口。

“我们怎么下去呢？”亚维列问哥哥，浑身无力的拉尔显然不可能自己走下梯子。

“我们把他扔下去。”亚伯通卡大声回答。

“干吗这样做，他会摔死的，父亲会杀了我们。”

“我们就说是他自己摔死的。怎么样？我们就这样说。”

“你怎么能……”

“我们就这么对父亲说。嘿，长着一张鱼脸的家伙，你会被摔死吗，如果你自己跳下去？反正你也活不长了。对，老兄，你就是个短命鬼。你给我听着，父亲已经做了一根带皮带子的棍子，这种鞭子还没有人有过。父亲做了很久，你在这儿啃木头的时候，他就一直在做它。他可是专门为你做的，老弟。”

亚伯通卡慢条斯理地，无比享受地说着这些话，一边把脸凑向拉尔的脸，他们的鼻子差不多碰到一起了。

“你自己会被摔死吗？”他笑了一下，又重复了一遍。

约尔什没有回答，但他微微张开双眼就像是认同了这种说法。可他突然使出浑身仅有的力量用头直接向亚伯通卡的脸撞上去。

亚伯通卡马上闪到一边，他的鼻子里流出了鲜血。他一回过神来就站起来冲向拉尔，紧握双拳，向前绷紧双臂，就像一张弩弓。亮闪闪一下子跪倒他脚下开始吼叫：

“不要，父亲会……”

但亚伯通卡已经不能做他想做的了——拉尔已经一翻身就像蛇一样爬到门口，只一瞬间就从粮仓里消失了。

当吓呆的两兄弟回过神跑到门口时，他们看见拉尔已经趴在一块棕色大石头上正像狗一样在贪婪地舔着小坑里的水。喝完水，把石头舔了个遍，才慢慢站起来，轻轻地晃动着，就像一棵快被砍倒的树一样。还没等两兄弟下来，他就朝营地走去了。

可拉尔就逞强了一下，他的一只脚就把另一只脚给绊了，整个人又脸朝下地倒在了青苔上。那两兄弟又不得不拽着他的双手把他拖向帐篷。但他俩没看到，拉尔一直在微笑。

他们把他扔到了兽皮上，气喘吁吁地走了出去。父亲告诉他们，从今以后拉尔将一个人住，直到他想好了怎么处置他。兄弟们都搬去和父亲住，而乌玛和娜拉则搬到女人的帐篷里。很明显，因为大家的忙乱和我本身的弱小，营地的人们已经把我给遗忘了。而我正躺在帐篷最里边，躲在兽皮里，使出全力地紧咬住嘴唇，以免哭出声来。

当亚伯通卡和亚维列走了后，我从躲藏的地方冲了出来，冲向了拉尔。

他看见我笑了一下，露出被血染红的牙齿。

“那个孬种……我的好兄弟……我又把亚伯通卡给打了，把那个该死的家伙又揍了一顿。”

他向我讲述了粮仓里发生的事情。

“你干吗要这样做呀？”

拉尔稍稍欠了欠身，很不解地看着我说：

“你真蠢。如果我不揍他，他就会打死你。”

“可父亲会打死你的。”

他甩了甩头，沉默了一会儿说：

“他不会的……如果他是父亲，他就会因为有个勇猛的儿子而高兴的。甚至如果被鞭打得皮开肉绽，他也会高兴的。我会挺过去的，而且会变得更强壮。好兄弟，给我弄点吃的来。你去偷，但不要被逮住了。”

“好，我这就去帮你偷吃的。”

可我没能践行自己的承诺。这时有人走进帐篷，而我差点没来得及躲进兽皮里。

亲亲女走了进来。她手上的木碗里装着热汤，正冒着热气。她把碗放到躺着的拉尔旁边。

“你能自己喝吗？”

拉尔沉默不语。乌玛又把问题重复了一遍，一边把勺子递给他，可拉尔动都不动一下。他像一块木头一样躺在那儿，透过烟囱死死地盯着那一片天空。乌玛继续等了会儿，然后把碗移向自己，舀起一勺汤小心翼翼地去喂拉尔。

拉尔因为饥饿和最后的一场打斗基本无力走路，鱼汤的味道唤起了他的食欲。他开始慢慢地起身——他不停地颤抖，尽可能地把嘴伸过去。乌玛喂了他几勺汤，拉尔抽噎着吞下去，每喝下一勺就要求：“再喂一口……再喂一口……”

“够了。”乌玛突然说，把还有剩余鱼汤的碗拿到一边去。

“我还想喝。”拉尔固执地重复着。

“不能再喝了，”乌玛坚定地说，“再喝你会死的。”

拉尔一下子呆住了。乌玛看见他的胃在蠕动，她犹豫着想张口骂出诅咒的话来，但她却始终没有骂出来。

拉尔开始哭了起来。

亲亲女还是在约尔什很小的时候听到过他的哭声。她抱过他的头，用双手擦拭他那泪流满面的双颊，不停地说：

“小可怜……小可怜……”

约尔什哭着，但并不觉得这丢人。

“小可怜……”乌玛还在不停地重复，“你为什么要做这样的事？”

“什么？”他突然问，也不再哭泣。

“为什么打我儿子。你差点把我的儿子打死。”

“而我呢？我难道不是你儿子？”拉尔说。

乌玛战栗了一下沉默了下来——当一个人脑袋被敲击了的时候就是这样沉默不语的。

“我难道不是你的儿子？”

说了这些话后，碗被一下子打飞到帐篷里看不到的地方了。乌玛气得跳了起来。

“杂种！”

吼完后亲亲女就走出了帐篷。但这话并没有让拉尔生气，它就像被扔在一口空锅里的石头打在他身上，但还不足以让他生气。拉尔感到身体里几乎被遗忘的温暖。他转身侧躺着，大概是准备睡一觉。但他怎么也睡不着。

帐篷里出现了亚伯托圆圆的，没有表情的脸。

“你是个强壮的小伙子，儿子。”大个子说，同时坐到拉尔被窝边。“好几天不吃饭你都还活着，甚至还有力气咬人。真是个壮小伙。”

约尔什稍微欠起身。

“我该拿你怎么办呢？杀了你？”

约尔什不说话。

“否则你会把我们一个一个地杀掉。开始是亚伯通卡，然后是亚维列，你再稍微大一点就会对我动手了。我想，你不会动文卡和老头的……”

“我们只是打架，”最终这个养子开口答话。“我们是按规则来的。”

“当然，”亚伯托点了点头，“确实是按规则。你就直说吧，你恨你兄弟亚伯通卡吗？”

约尔什又不说话了。

“你恨他。”大个子帮他回答。

“他说他会踩扁我和文卡。”最终，拉尔回答了这些。并补充道：“不是现在……以后。”

亚伯托笑了起来。

“原来是这样，”他说。“我儿子是多么聪明呀。”

“告诉我，我是谁？”突然眼前的养子问。

“你是杂种。”亚伯托平静地回答。

“母亲也这么说。你们都不爱我。我是外人吗？”

亚伯托从腰上取下鞭子用它抬起拉尔的下巴。

“谁是自己人，谁是外人，由我说了算，我不会听任何人的意见。对我来说，住在我营地里的任何人都可能成为外人，你本应该问点别的。我喂你吃了多少肉，可又得到什么回报呢？”

大个子沉默了一会儿又说：

“难道你过得不好，小子？”

拉尔抬起双眼——那是一双仇恨的双眼。

“你想杀我，杀吧。”

亚伯托收起了鞭子。

“我可以这样做。”

他站起来准备走。在门口转过身来。

“告诉我，你想女人吗？”

拉尔别转身不理他。

“你想，你想，”亚伯托哈哈大笑，“我是你这个年纪的时候就想。现在你听我说，我会给你娶个老婆，一个好人家的漂亮姑娘。如果你想活，就别走出这个帐篷，我会亲自来找你的。”

“我想吃东西。”拉尔说。

但大个子没有听到这话。他发现在帐篷另一端有东西在动，就走过去，用一只手把我像提小狗一样从兽皮中拽了出来，一下子扔到外面，他跟着走了出来。

我怕得把脸紧贴到地面上，他一句话没说走了过去。

那天拉尔没得到一丁点食物。

我就在旁边但我却不能靠近他。我为他伤心难过。我知道：他躺在那儿，一直在听人们怎么聊天，斧头发出的敲打声和枯树枝断裂的刺耳声——这是母亲在灶前忙碌；他听见大锅与硬物碰撞的声音，大概是碰到石头了，之后就是骂声……

拉尔没说话，他根本就不需要说什么去让别人明白他。他不久之前还活蹦乱跳的。他看着他的双手，用手指慢慢地拨弄着，无聊地打量着帐篷的每个地方，明白了自己目前的处境，他已经与这些人无关了。

没有人去过他那里。

大概拉尔希望人们说起他，但呼啸的秋风挡住了人们的谈话。乌玛带来的那点食物让他的饥饿感稍微减轻了点，又开始饿的时候，那种感觉已经和被关在粮仓里时的不一样了。这时的饥饿感很强烈，快把约尔什逼上绝望的边缘了。

在那一瞬间，他身体里产生了决绝的，想拼一把的勇气。他转身俯卧地上，爬起来，然后慢慢地双腿站起来……

当他倔强地整个人站起来的时候，最后的勇气消失殆尽。额头上冒出虚汗，双腿打颤，恐惧把最后的力气都带走了。

这里表现出了大个子的大智慧。他知道，哪怕给养子喂一点点吃的，他都会忘记威胁而出逃。年轻的身体会抵抗任何的疾病，并很快会得到恢复，当然，只要不是死亡，那什么都阻挡不了约尔什。但亚伯托知道饥饿无比的摧毁力，大概他曾经也经历过饥饿的折磨。

拉尔倒在兽皮上睡着了。这时的睡眠是他的唯一救赎。半夜醒来，看见烟囱外面一圈漆黑的天空，他摸到身旁有一件奇怪的东西，就像是一根潮湿的棍子。摸了摸这根棍子，他明白了这是一个鹿骨头，上面还剩了一些肉，他用牙齿紧紧地咬着，使劲地吸吮骨汁，用手和舌头撕扯和啃噬着骨头上的肉。

有那么一瞬间他想起这肯定是我留给他的，顿时感到很温暖，想着想着还笑了起来。

这样，一天一次或隔天一次，他一睡醒总能在身旁找到一些吃的——要么是一块骨头，要么是一碗鱼头汤或洗锅水。这让他觉着自己不至于饿死，同时也激起了他生存的欲望，这也意味着，在亚伯托面前他感到了害怕。

约尔什开始忘记所有的一切，除了饥饿，他已经随时准备妥协和顺从，只要醒来能看到骨头和一碗食物。

他认为是我送的，但他错了——是亲亲女悄悄送去的，送多少是由亚伯托决定的。

一天早晨拉尔发现了旁边的一碗食物——那是满满的一碗浓汤。他爬过去，双唇咬住碗沿，喝着滚热的肉汤。之后他积聚了原始的力量起身坐在了兽皮上，用不太听使唤的手指抓住滑溜的鹿内脏，把它们塞进嘴里。

“好好地咀嚼一下，”从上面某处传来声音，“当心噎死你。”

这是亚伯托在说话，他正站在上面居高临下对着拉尔，而拉尔整个人僵住了。

“别贪多，今天还会给你送一次的，吃好了明天我们就出发。”

“去哪里？”拉尔不解地问。

“带你去娶老婆。你忘了？”

拉尔顿时哑了。他记得大个子说的这话，但他以为这只是玩笑。

拉尔反复想着这些话，这时嘴里的食物变得一点味道都没了。

他们没沉默多久。想着亚伯托说的今天还会给他送吃的，他对此充满了期待。怎么这么慷慨呢，他那已经停止的思维开始转动起来，他明白了亚伯托可怕的意图。但他此时已经没有力气去生气，去恨他，他甚至已经不能体会到在他这种处境中的每个人应有的感受，即对大个子的恨意。小伙儿用一双老狗似的充满泪水和感激之情的双眼盯着面前这个虐待自己的人。他等着夜幕降临。

第二天，我的哥哥就从营地里所有人的生活中消失了。他消失得无声无息，就像别在腰间的一件不起眼的东西一样。

自从智慧的亚伯托决定用饥饿来抹去养子的执拗那一刻起，已经过了很多天。

干燥的秋天瞬间就逝去了。

晚上，当拉尔看着一大块骨头上剩下的那些肉（那骨头是亲亲女端过来的，她已不再偷偷摸摸）的时候，帐篷突然抖动了起来，这是冬天来临前刮进树林的狂风。风呼啸着，飞卷着雪花。雪从烟囱落进帐篷，撒在灶台上，带来的一股寒冷的空气一直袭向拉尔。他钻进了兽皮，冷得打颤，渐渐地焐暖和后就睡了过去。

清晨一到，他就被迫启程了。

当亚伯托进来的时候，他还没睡醒。亚伯托一言不发地用有力的双手拽起拉尔的鹿皮衣把他直接扔到了外面。拉尔的脸撞到冰冷僵硬的雪地上，一下子就醒来。但他很久都没回过神来，突然吸进的冷空气让他的头感到一阵眩晕，耳鸣眼花，觉得四周闹嚷嚷的，无比嘈杂。他好像在雪地上躺了很久，但实际上就是那么一瞬间。

亚伯托抓着他的衣领，帮他站了起来。

“能走吗？”

拉尔大步向前，他的双腿不再软而无力，这让他自己都很吃惊。亚伯托抓住他的衣袖径直朝想去的方向走。风停了，雪花纷纷飘落到大地上。没有一个人出来迎接他们。整个营地一片死寂。

亚伯托命令所有人都坐在家里不要探头探脑。他们纷纷猜测着约尔什的命运。

实际上，大个子在前一天晚上就揭晓了约尔什的命运。

“明天就把拉尔带去成亲。我知道一户人家。”

大家都沉默不语。

“可聘礼呢？”大个子的老婆怯怯地问。

“他自己做工偿还。如果他不逃跑，做满三年就挣够了。”

“这是个什么样的家庭？”乌玛非常感兴趣地问。此时她的好奇心胜过了恐惧。

亚伯托沉默了一会儿大声回答：

“是河对岸的一家。”

这时，我看见亚伯通卡低下了头，他竭力掩饰他的微笑，但他却怎么也忍不住。

营地上的人就用这些不多的对话和微笑送别了拉尔，与他告别了。

看起来，亚伯托表现得不太理智，没等到河面结冰就想蹚水过河。正如人们做风干肉需要一个漫长的过程一样，他为拉尔也花了很长的时间准备这趟行程，其中也不是没有一种满足感。为此他准备好直接涉水而过——亚伯托知道这个地方，齐腰深的湍急的河水，还夹杂着雪花，带着负重的鹿子和拉尔。

大个子把拉尔也看作是个随身的行李了。

亚伯托专注地看着拉尔——拉尔正冷得发抖，眼睛盯着另外一个方向。

“我该拿你怎么办呢？”不知是问拉尔呢，还是问自己。“如果给你饭吃吧，你就会逃跑，但如果不给吧，你会饿得从鹿子上摔下来……”

“我不会跑的。”拉尔说。

“那你坐上去吧。”

拉尔慢吞吞地不想挪步。现在他不是看向另一方，而是直接看着眼前这个曾经是他父亲的人，有那么一瞬间，亚伯托看着眼前这个饿得头昏眼花的孩子，从他的目光里他找到了从前的约尔什。

“给我点吃的吧……”

“坐到鹿背上去。我们一过河你就会得到食物。”亚伯托笑了一下又补充道：“马上给你一大块。”

拉尔放下懊恼爬到了这头白额公鹿的背上。他们开始上路时，他才感觉到变高了，虽然只有一点点，可能是这头鹿不太高。他转过身最后一次看了看营地，摇晃了一下，用一只手遮住了脸，眼前好像一切都模糊了—— 一阵莫名的忧伤爬到了他的脸上。

拉尔明白，不是这么简单的就能告别这儿。要去的地方他一无所知，这儿的人们才是他的亲人。现在，他饿着肚子，毫无反抗之力，孤零零地告别这个地方，就这样从人们的生活中消失，就像一个不幸的猎人深陷于密林里的沼泽地绝望地没有最后的挣扎之力了。

亚伯托靠了过来，抓住鹿角牵着往前走。当他们往河的方向刚迈了几步的时候，约尔什喊了起来：

“文卡！文卡小不点儿！我的兄弟……”

亚伯托一声不吭地从鹿子上下来，向拉尔走过去，把他拽下来扔到地上，向他肚子踢了一脚，然后把拉尔发软的身体扔到鹿背上，拿上马具，骑上去，向四周看了看，吹了一声口哨。从帐篷后面飞跑出一只竖着耳朵的斑点狗——就是那只黑毛母狗的儿子，正是那只黑毛狗十五年前在一个被敌人屠杀殆尽的不知是哪个族的营地的不远处找到了两个男孩。

就这样，鹿队出发了。

- 小不点儿 -

帐篷里，大家都不说话。亚伯通卡第一个开口了，当父亲不在场时，他把自己当作家里的主心骨。

“拉尔叫你了，”他对我说，“你为什么不回答？你聋了吗？你不再是狗耳朵了？”

我不说话，死死地盯着一处空地。

“生那杂种的气了？”

亚伯通卡站起来向门口走去，拉开帐篷——只有一点鹿子跑动的声音也听不到的时候，父亲才允许我们走出帐篷。

“今天的事情太多了，所有的都落在我们身上了。”他很郑重其事地对母亲和他弟弟说。然后转向我加了一句：

“出来吧，别害怕，你以为拉尔走了我们会欺负你吗？”

我起身走了出去。

我明白，就像拉尔这样僭越了别人的生活。我的脑子里乱糟糟一片，整个人就像是一座被牛虻和吸血小飞虫包围的森林，心慌意乱，六神无主。

拉尔身上表现出的少见的粗鲁正是他的优点。

我的长处是我有罕见的好听力，我能听到在飞来途中的鸟儿。营地的人们已经忘记了我在多年前就表现出来的奇迹。但我的听力并没有随着他们的淡忘而消失。正如上帝给予每个人的才能一样，他给我的超级听力也有其独特的难以控制的一面。我能听到远处正在逝去的、对我来说完全不必要听见的声音：降落在远处岩石后面的鸟儿翅膀的扇动声，在地下不断生长的根茎与土壤碰撞发出的噼啪声，我不认识的人的叹息声和哭声。但我很少听到人们的谈话声，而我是那么想知道周围的人们在谈论什么，尤其是当我开始担心正在发生的事，或人与人之间可能发生事的时候。

我曾听到亚伯通卡与亚维列一起怎样地胡吹乱侃。他们一起走到树林里畅想自己未来的幸福生活。因为怕拉尔的缘故，这些话他们不会在帐篷里说的。但听到这些话不是用了我的像狗耳朵的特异功能，而是像任何一个偷听者一样无意中听到了他们的谈话。

当我怀疑自己过去的时候，我没有勇气去问人们，而是寄希望于我的天赋。这就像一些嗡嗡的难以听清的声音，或者是尖细的哨音，很难听清这些是什么声音，也不可能明白它们表达的意思。但听力能去感知这些声音就像去感知某种存在的东西一样。它能感知到石头的沉重，铁的尖利，开膛破肚取出内脏后的轻松感。在最近几天，当约尔什的命运变得越来越糟的时候，这声音变得沉重、奇怪而且令人难以忍受。

这些声音压得我喘不过气来。当拉尔坐在鹿背上叫我名字的时候，我低下了头，从此变得异常得安静。

鹅腿很喜欢扮演一家之主，在亚伯托回来之前也管理所有的家务。他命令母亲做她日常做的事情：劈柴、担水到锅里、做饭。他和亚维列一起修理破旧得快散架的用来拉货的雪橇，并坐在上面去打猎。他吩咐我把不久前猎到的野鹿头搬离营地到远点的地方。

“已经发臭了。”他边说边坐着雪橇走了。

我把冻得很沉的，没有发出任何臭味的鹿头拉到了树林里，然后回家去帮母亲。亲亲女是所有人中唯一一个怜惜我的人，只是她对我的怜惜表现得偷偷摸摸的。有一次，当旁边没其他人的时候，她望了望四周，然后向我走过来，拉着我的一只手把一块美味的冻得僵硬的鹿油脂放到我的手掌上。抚摸我的头说：“唉，你……”

过几天大个子回到了家，所有的人都知道了拉尔的命运。他是幸运的。亚伯托在长途跋涉回到家好好地睡了一觉，吃了一顿，然后坐在父亲的大帐篷里讲起了拉尔的事。他刚一开口就让人想起他是涅涅茨族，卡玛尔人。

“我们从没与河对岸的联过姻，没从那儿娶过妻，也没向那儿嫁过女，”他说，“现在我这样做了，我把我儿子拉尔送过去了……”

大家抬起了头。

“我的儿子拉尔，”亚伯托继续说，“表现得很坏。他凶狠、粗鲁，还懒惰。这样处置他也算是他对我的养育之恩的回报，我供他吃，供他穿，给他做武器，教会他一个人应会的一切。一个父亲应怎么对待这种不懂感恩的儿子呢？”

大家沉默不语。

“应该杀死他。”亚伯通卡小声地说。父亲听到他说的了。

“可以这样做的。但我决定以德报怨。我给了他重生的机会。他将为养鹿人赫诺放牧三年，以此作为娶她女儿的聘礼。赫诺的家族是林子里最大的。拉尔将帮他们打理放牧的事务，而他们会让他逐渐改掉傲慢和粗鲁的性格。老头子非常高兴地接纳了他，我们也应该和他一样地高兴。拉尔终究会记得我们的好的。”

亚伯托环顾了全家人，开始说他们想听的一些事情。

“赫诺家族是恩卡人，只有他们知道怎么调教一个人，怎么让他们知道什么是该遵守敬畏的。只有恩卡人才能成功地改造一个人。所以我就把拉尔送到了对岸。”

“所有人都怕他们。”亮闪闪说。

“是因为他们愚蠢。我早就知道，所有关于恩卡人的那些荒谬的传言，那些他们给上帝和生灵带来的灾难和杀戮都是些没长脑的人瞎传的。人们常常想得到美酒好肉，甚至于最好的狗的鲜血，但他们常常不知道怎么去获取。只有恩卡人知道怎么做。因为他们总是能获得巨大的成功和收获。在我们这儿拉尔会死于父亲的震怒，或者成为一个流浪汉，失去栖身之地，到那时他就只有死路一条，他那粗鲁的性格之后会给他招来杀身之祸。而在河对岸他会活下去。让他记得我对他的好吧。你们也应该记住这一点。”

亚伯托起身想出去方便一下。儿子们也跟他一块儿站了起来。

“你们去做你们自己的事吧。”大个子说。

从河对岸他带回一把奇怪的角质弓和未曾见过的有白色刀把的闪闪发亮的铁刀。

晚上我没有睡觉，一直等着听亚伯通卡和亚维列怎么谈论约尔什的命运。但兄弟俩没有说话，伴着他们均匀的呼吸声，一会儿，我也被催眠睡着了。

一股发臭的暖流惊醒了我的睡梦，一直从我的额头沿着我的脸颊流了下来，我睁开眼睛看到亚伯通卡正站在我的床头对着我撒尿。他的弟弟躺在被窝里发出恐怖的嘿嘿笑声。

当我从眼前的一切彻底醒过来的时候，亚伯通卡撒完尿系上裤带问我：“你会到父亲那儿去告我的状吗？”

亚维列的笑声更大了。

我从帐篷中冲了出来。

这时快天亮了，月亮还挂在空中，一颗孤星紧紧地跟着它，眼看着它们就快躲进丛林的山冈后了。我走了很远，一直进到林子里，从身上脱下皮袍子，一直脱到膝盖上，用雪洗脸和头发。我洗掉身上的污浊，一直洗到整个头像变成了布满松针的松树枝。然后摘下皮猴儿的风帽，把里面放满雪，用双手使劲地拧，用指甲从里面抠出一团团黏在毛皮上的白色的东西。

我没感到屈辱，也没有愤怒。

受到严重打击和摧残的心灵已无以言表，但在为大的反击做着准备。

亚伯通卡实现了自己的夙愿——他铲除了自己的敌人，即使这不是那真正的敌人本人，但他却长着和他同样的一张面孔。害怕我向父亲告状的恐惧并没有让他惶恐多久。

最终，亚伯通卡准备被父亲毒打一顿了。在他的内心深处他已经为此做好了准备，他感到自己是一个真正的战士。其实，他完全不需要鼓足勇气去承担后果，因为发生的一切都太如他的愿了。小东西文卡对任何人都只字未提这事，他怎么能把自己的屈辱讲出去呢？而且他也没有足够的力量去和亚伯通卡打斗一场。

而且更重要的是，从河对岸回来以后，父亲完全忽略了我的存在。

何况，一直以来，亚伯托都认为，一个还未成年的沉默的小男孩是不值一提的。

而亚伯通卡一天一天地变得越来越快乐活泼，他的快乐也传给了他的弟弟。亚伯通卡就像是一只侥幸漏网的鱼——他的理解力和领悟力加倍地增强，任何事情都在他的掌控中，他能很准确地套马索，学会了打猎，迷上了猎鹿，经常满载而归。大个子高兴地看着这一切，经常放心地把成年人的事交给儿子去做。一次，鹅腿自己打了一只很大的驼鹿，用四个雪橇拉了回来。我用雪橇拉了驼鹿的头。

亚伯通卡一直梦想着婚礼、打仗和新的成年的名字，成年人的名字——一般是一个人从一个小屁孩成年后被秘密地冠以的称号。亚伯通卡感到越幸福，我就活得越难受。

亚伯通卡给我的压力超过拉尔在娘肚子里对我的挤压。

不知不觉地大家不再和我一起吃饭。每次，当男人们坐下吃饭的时候，不是父亲，而是亚伯通卡对我说："去拿点柴火来，这儿有点少。"或者"去，喂狗去！"最后，我代替了母亲去给从不出门，一直在帐篷吃喝拉撒的人偶送饭。老头子不和我说一句话，他睁眼是为了用眼神告诉我把饭菜放哪儿，然后闭上眼又陷入沉思的状态。

这样，我就开始和女人们坐在一起吃饭，就是和乌玛、娜拉。这也算公平合理，因为我干的是女人的活——砍柴，挑水，并且毫无怨言。

拉尔临别时的话语似乎已成真：亚伯通卡会折磨死我。

第二年秋天的一天改变了我的生活。

我去给老头子送饭。像往常一样，没有看老头一眼就转身准备离开，然而我听到了他的声音。

"还好，你很不起眼，"老头说，"这很符合孤儿的做派。孤儿就应该看起来不招人烦。"

我顿时呆住了。

"谁是孤儿，爷爷？"

“你，就是你，我可怜的小家伙。还有你的兄弟拉尔，你们俩是孤儿。是别人的孩子。”

“但我有父亲和母亲……”

“你说的连你自己都不信，”人偶说。“你干吗不说话了？”

我低下头说：

“拉尔打了架，而亚伯托很严厉……”

“你闭嘴吧，你是聪明人，你听着，亚伯托不是你父亲。乌玛也不是你母亲，哪怕她用奶汁喂养了你和你的哥哥。想知道你是谁，你从哪儿来吗？”

“我是谁？”

“不知道。很多年前，亚伯托和我坐船去雍涅西河找肥鱼，我们在那里发现了你们。也就是在你们营地的岸边，那里经历了一场战争。不知是谁把你们藏到了青苔下面，这样你们才活了下来。亚伯托和乌玛救了你们的命，一定要记住这一点。”

“为什么救我们？”

“他想壮大男子汉的队伍，”老头说，隐约听到他话中的嘲讽，“想通过你们来壮大，可最终把拉尔送到了对岸的恩卡人那儿，而你呢——却是个怯懦的小不点儿。”

人偶向前倾了倾身子继续小声嘀咕：

“你向我靠近点，我再告诉你一个秘密。你会感兴趣的……”

老头的声音就像飘落的雪花一样发出沙沙的声音。

“我是劝过亚伯托不要收留你们的。是的，我劝阻过。”

“为什么？”

“你自己想想。你不明白？”

“不知道……”

人偶阖上了眼皮，又开始娓娓道来：

“不应该擅自拿走别人的东西。不是所有在路上捡到的东西都是归你的，随着你的成长，当然，如果你会活下去的话，你会明白我今天说的话。现在你自己想想发生的这一切：亚伯托想把你们培养成勇士般的儿子，可现在他的愿望落空了。最后，他可能把你变成他的奴隶。可奴隶是应该从一开始就这样培养的，他的命运是上帝决定的。可你们没有成为奴隶。相反，拉尔有成为领袖的可能，倒是你，你有可能成为奴隶，你为人很谨慎小心，甚至可以让人在你脸上撒尿……”

我已经气得浑身打颤。

“你软弱得像个女人。”

“那我该怎么办？”

老头子毫不犹豫地回答：

“逃跑。”

“逃到哪儿？”

“随便哪里，你必须逃走。继续待在这里，只会更糟糕。这儿没有你值得期待的，没有遗产，没有老婆，只有剩饭剩菜，挨揍和成天拉着承重的雪橇。你不属于任何人，甚至我不知道有谁会把你接纳为自己的人。当他们发现你们的时候，你们是那么的小，一句话都不会说。你怎么会是尤拉克人？如果你跑出去，可能会掌控好自己的命运。有可能你的命运在那里，”老头用手指指着烟囱，“有可能在那里！”他又用手指指向自己的翻毛皮靴。

“告诉我，你们找到我的那片河岸在哪里？”

“我怎么告诉你，我几乎就是个瞎子。当时雍涅西河已经是晚上了。”

人偶稍稍俯身带着笑意说：

“亚伯托知道。你去问他。”

他的双眼看上去没一丝的善意。

“要不，你直接去恩卡人那儿，你去找拉尔吧。”

“对你来说恩卡人和其他人没什么区别——你对谁来说都是外人。”

突然他停顿了下来，语调开始变得温和，差点让人不认识了。

“走吧，”人偶小声说。“你有一双年轻人的腿，你会走路。你有力气，力气就是你的天赋，这是上天赐予的，一旦上天感到后悔的时候，也可能收回它。一个人自己是不能让自己变得强壮有力的，甚至是有力量用双肩扛起一头驼鹿的人。你看，拉尔是个很强壮有力的孩子，现在你的拉尔在哪里？你明白我的意思吗，孩子？”

“是的。”

“快走吧……趁你的双腿还有力气……”

我走出小帐篷。从那一刻起，我什么也不想，满心只想着老头的话：跑吧，跑吧，跑吧……我内心一直在呼唤着。

在顷刻间一切都变了，黯淡无光的生活一下子变得清晰起来。

谁也不知道，狗耳朵内心装着一个什么样的自我救赎的秘密。

- 娜拉 -

从那时起，我多了一项工作——为逃跑做准备。每一样东西，听的每一句话，我都会把它与我的逃跑的事关联起来。我有一把弓，是大个子那时候根据我们每个人的力量做的三把中的一把。我的那把弓只够猎打大雷鸟和兔子，可我知道，这差不多已准备好一半了。剩下的是到哪里弄到更多的箭，将雪橇翻新，再备一些路上最初几天的食物。

我试着自己做箭。我去结了一层冰的河边的树林里用小刀砍了些树条，积攒了一些筒状的空心骨，便于用他们做箭头。这本是件很难的事：他们从没带我去打过猎。但亚伯通卡已经成长为一个出色的猎人。他和大个子俩的战绩能保证全家老小不饿肚皮。

亚维列跟随哥哥和父亲的足迹也想成为一个出色的猎人，但他有些力不从心，成长得很缓慢。

而我，狗耳朵待在营地帮乌玛和娜拉的忙。女人们不欺负我，但也时时刻刻盯着我干活，只有在他们去方便的时候才会让我轻松点。春姑娘那时已经14岁了，大概认为我是她的玩偶，要求我随时都在她的视线范围内。

“你很瘦弱，你不应该走太远。”她这样对我说。

“我是男人。”

“你是什么男人？”娜拉笑着，“你去河边，那里有光滑明亮的冰，把雪扫开，好好照照你自己。”

我拿上斧头，推上雪橇，对母亲说我去砍柴，而径自朝我的秘密地点走去，在那里我藏了所有造箭的东西。哪怕每天做一支箭，到冬天快结束的时候，我的箭也装满一个箭筒了，走到密林深处就不会害怕了。但我还不太熟练做这一切，箭头做得又弯又大，就像乌鸦的嘴，弓箭的木柄又折断了……更主要的是，那时我不知道用柳树做的箭是用来逗小孩玩的，而真正的利箭是要用百里挑一的风干的松木，锋利的扁斧，强有力的双手和几年的练习才能做成的。这些东西我都没有，我从未见过其他人是怎么做的。但我的无知却让我变得很顽强。

我用了好几天的时间才制成了第一支箭，这支箭箭杆光滑平整，箭头尖利，并配有五光十色的雕枭羽毛。完成第二支箭就快得多了，第三支箭只用了一天的时间就做成了。

有一次，当我出发去砍柴的时候，就顺便把我的弓放到了雪橇上一并带着。到了我的秘密掩藏处，小心地扫开榆树根上的积雪，榆树根下面就是我的仓库，我从那里拿出我的第一支箭。为了不弄丢我这支用树枝做成的“宝贝”，避免与僵硬树干摩擦时弄断箭头，我直接把箭射向了空中。箭飞快地往上升，一直到只能看见一个闪烁的黑点，在空中有一瞬间的停留后很快落到了地面。没有撞上任何一根树枝，嗖的一声直插入离我十步之遥的雪地里。但我却已经不能把箭捡回来了，因为春姑娘已经抢了去，站在那里看着我微笑。

她循着我的足印一直跟到了这里，藏在一棵粗大的枯死的松树后面。她一直这样笑着看我。

“你就是这样砍柴的？”她说。

“还给我。”

娜拉一只手抓着箭头，一只手抓着箭羽。

“想要吗？我折断它？”

“还给我。”

春姑娘听出了我颤抖的声音。

“你要箭干吗？”

“打猎。想打一只野兽。”

“难道没给你肉吃吗？”

“我想自己捕猎。”

“自己捕？你是个猎人吗？你快去河边，那里有透明的冰，好好照照自己的样子……”

“我已经照过了。”

“可能，你想另起炉灶？”娜拉大笑着说。

“是的，我想。”我自己都出乎意料，我说出了这样的话。

“你说这话的时候，大概你都没用脑子想想。你的个头比我还矮。”

“这又有什么关系。”

“你都没力气做出可以捕杀鹿子的弓箭来。你用什么去喂养你的老婆。用山鸡还是鱼呢？”

“我不需要老婆。”

“是你不被任何人需要。我情愿用绳子吊死，也不会嫁给你这样的小不点儿。如果你想继续活下去呢，你就乖乖地住在这里，永远住在这里。”

我向娜拉逼近了一步。箭在她的手里弯成了一个弧形。

“我这就折断它……”

当我明白我如果再跟她继续理论下去的话，这个恶毒的小荡妇就会把我的秘密说出去，我一时间语塞了。我绝望地吼了声就朝她扑过去……

娜拉吓得尖叫了一声，随之听见我的箭咔嚓一声被折断了，同时我俩也扭倒在雪地上，相互用力地猛抽对方。

当我看到雪地上渗出的红点时，我恢复了理智。骨质的箭头把娜拉的脸给戳伤了，她面对我坐在地上，用手掌捂着伤口，红色的鲜血从指间一股股地流出来，染红了翻毛手套。

“给我看看……”

“狗崽子，鱼粪蛋。”春姑娘连珠炮似的向我骂开了，从地上跳起来向营地的方向跑去。

我当时的第一个反应就是马上逃。我已经有了一把弓，几支箭，一副手拉雪橇，一把小刀和一把斧头。

大个子，乌玛和俩兄弟看见娜拉被戳伤的脸定会问她是谁打的，春姑娘就会把我这个小杂种的一切秘密告诉他们，说我正在造箭，我想自己捕猎，自己另起炉灶。亚伯通卡肯定比任何人都吃惊，因为他无法接受一个被他在脸上撒过尿，基本不再开口说话的人会有这些举动。他肯定会想更多方法去收拾这个长着和他讨厌的约尔什相同面孔的人，而且亮闪闪会给他出主意……

想到这些，我决定从掩藏地拿出我的箭，放到雪橇上，与弓和斧子放一起，拉起拖绳就准备上路。

我不知道去哪里，只有一个想法，就是一切都是仓促决定的，是不得已的。步行一会儿就使我全身血液沸腾，我也开始想到怎么弄到吃的……

突如其来的一阵暴风雪唤醒了我那沉睡已久的神奇的听力，第一次听清楚了人们的对话，这是两个女人的声音。一个女人的声音是在骂人，另一个边哭边说："我是从陡坡滑下的时候，柳条把我的脸划伤的。"

听到这儿，我停下了脚步。我回到我的隐藏点，把箭藏好，向营地走去。

娜拉没有出卖我，这一点我非常感激她。但我的感激掺杂着一丝恐惧，我担心我脱身的秘密随时会作为春姑娘的把柄而被她要挟。更可恶的是她似乎很清楚怎么去利用我的把柄挟持我。在她受伤的最初几天里她没和我说过一句话，甚至看都不看我一眼，这种折磨让我紧张得手足无措。

但有一次我终于明白了——感激之情应该有相应的回报的。

我几乎一无所有，除了衣服，儿童用的弓箭，女人随身带的一把小刀。接连好几天，我跑到树林里，解开被雪覆盖的榆树洞子，拿出藏在里面的材料专注地忙活起来。我已经不再想我的箭了，不再想骨头做的箭头，我用骨头磨出了小鸟形状的项链，我把这一群鸟儿用一根由一块老鹿皮做成的细皮带穿起来，在一个早晨送给了娜拉。那天早晨大个子和他俩儿子出发去进行一次大的捕猎行动了，而乌玛坐在帐篷里刮兽皮。

春姑娘一点也不吃惊，她拿起礼物，把手伸得远远地，仔细端详着，只见眼前有一群白色的鸟人跳来跳去，不停地在风中旋转。

“你喜欢吗？”我满怀希望地问她。

娜拉没有马上回答，好像在专注地欣赏珠串。

最终从她嘴里发出了阴险的笑声，一边斜睨着我。

“你怕我把一切告诉父亲吗？”

春姑娘的话一下子击中了我的痛处。我愤怒地回答：“不！”然后跑去做自己的事了。

就在那一个晚上我决定逃跑，并不停地骂自己的懦弱无能。

- 铁角 -

当太阳照到山冈上，日近中午的时候，所有的一切都被打乱了。

向营地方向驶来的不是三头，而是四头拉车的鹿子。

前面的一个是亚伯托，和他并行的人骑着一匹高大的黑额头的公鹿，这是个外来人。他看上去就像营地主人的胞兄，同样没有脖子，和他一样的个头，一样的宽肩。

但亚伯托并没有亲兄弟。

这是个通古斯人，外号叫铁角。他的双颊上奔跑着鹿子，从下眼皮到脸颊画着射中的箭，沿着鼻梁爬着一条蛇，嘴巴是方形的。在所有用文身掩饰自己的通古斯人中，他是第一个擅长掩盖自己真容的人。

亚伯托和铁角早年就相互认识，那是在几个涅涅茨人和通古斯人家里的男人们召集一起去雍涅西河上游探寻的时候，他们就认识了。他们俩当时还只是小男孩，就像大个子现在的两个儿子这么大。

亚伯托是在出发去捕猎的半道上遇到这个通古斯人的，这次相遇让大个子取消了打猎的计划。

“你家的小伙子们真可爱，”铁角说，“很强壮。我很喜欢这样的。是的，兄弟，我还是孤家寡人。”

“为什么不结婚呢？”

“不想。”

花脸哈哈大笑起来，他仰起脸，脸上的鹿子像被蛇给吓得往后跳了一下。

“可爱的小伙子，”他重复了一遍，“大概他们正等着分父亲的传家宝吧——就是那铠甲和铁罩衫。哦，对了，”通古斯人牵着鹿子向亚伯通卡站着的方向走去，“你有铁罩衫吗？”

当大儿子局促不安，不知要不要回答他的时候，父亲答道：

“好的铁太贵了。还没攒够钱……”

“等你攒够的时候就老了。何况为什么要为这么强壮的小伙子们攒钱呢？”

亚伯托明白通古斯人话里的意思。他自己没有从父亲那儿继承到一件好的武器。比起打仗来，他父亲更喜欢打猎。用亮铁制成的，前胸上有一只黄色鸟儿的铠甲和那顶尖顶的铁帽子是他们去雍涅西河上游探险的时候得到的。父亲后来用它们换了一百头鹿，他想成为一个养鹿人，并一直生活在冻土带。但那一年，一场瘟疫夺走了全部的鹿子。

年轻的时候，大个子梦想得到这件铠甲，有好几次，他偷偷摸摸地拿出那铠甲仔细地端详那黄色的鸟儿。

当父亲死的时候，他没有为他雕刻木偶做纪念，没有为他撒上一地象征打猎的鲜血，没献上一块肉，父亲的灵魂为儿子的大不敬而哭泣。听了通古斯人的话以后，他突然想到，他死后会吃得饱饱的吗？

当没有钱去买好的武器的时候，可以通过战争去抢。但上帝却没有给大个子一个好的机会去战斗。他周边住的人，不管是定居的还是游牧的，要么很强壮，要么很穷。这一想法在他脑子里短暂地一晃而过。

“大概你知道在哪里能得到好铁就像从树上打到松鸡一样容易？”他几乎是嘲笑着问。

通古斯人又哈哈大笑起来，突然止住笑用亚伯托从未听到过的声音大声说：

“我知道。”

他们瞪着对方的眼睛看了一会儿。

“走，去我那儿，”最终亚伯托说，“我的粮仓里有很多肉，欢迎你去做客，铁角。”

每当老朋友来的时候，就像过节一样。锅里冒着热气腾腾的汤，酒足饭饱的满足感弥漫着整个森林。

在大帐篷里吃饭的时候，通古斯人向大个子讲起了他在捕江鳕的那一次打猎的故事。当时，他追赶一头驼鹿一直追到了别人的牧场里。那猎物实在是太诱人了，以至于完全不想放弃它，铁角一直追赶，跑到最后快喘不过气了。最后那野兽跑到一个地方，那里的山更高，已经见不到河水了。他已经精疲力竭，放出的箭只射中了一条腿，仅伤了表皮，但箭头却卡在了肉里，驼鹿慢慢地咽了气，就像水从一口锅的小洞里流出来一样。通古斯人驾着雪橇稳稳地赶来，他开始跑着，然后一步一步慢慢接近那头鹿，等最后的机会射出一箭将它毙了。

铁角在追逐猎物的过程中耐力超强，甚至超过他追赶的野兽。他可以接连几天不吃不睡一直追赶。他是个独来独往的猎人，随遇而安，居无定所。他来自一个有名的孔多基尔家族，他有一片牧场继承，但如果他出现在他的家乡的时候，总是偷偷摸摸像做贼一样。他家族的人早就把他赶了出来。

他最大的满足就是找到同伙去进行偷袭，通古斯人没有军队去打仗。

在他父母死后的几年里他召集了一些有血亲关系的人，在任何时候都可以打埋伏。但他更喜欢流浪的生活。铁角喜欢冒险，喜欢不停地追赶、侦查和隐藏的生活。所有通古斯人从来不用操心怎么把堆积如山的肉搬回家里，他的家就是他放完最后一箭后进行休整的地方。通常他在雪地里挖一个深坑，用三根木棒、一张随身背着的不大的鹿皮、榆树和石头搭建起临时木板房，烧起一堆火，吃着火上的烤肉，或者生吃，他就这样一个人独自生活。

驼鹿已经很久没现身了，但铁角根据它的足印知道，它的前腿受伤了。一路上留着红色的血点，一直延伸到一个坡上，通古斯人朝着圆顶的山坡爬了上去，没有加快步伐，他已经知道，在山的另一面，驼鹿会彻底投降的。在平整的山顶上，驼鹿侧身站着，整个身子暴露在猎人的射杀范围内，凭着猎人的感觉铁角明白了，眼前的野兽已经在慢慢地死去，已经没有力气最后一搏了。通古斯人搭上叉形箭，把箭羽轻轻搭在弓弦上。

那只鹿朝面前的猎人看了最后一眼就消失了。要知道猎人只是眼皮眨了一下。通古斯人赶快循着印迹找过去，结果他看到了更让他惊慌失措的一幕。

这只大型的野兽在倒下去的时候把雪地砸出了很大一个

洞，它正顺着陡坡往下滚，差不多已经奄奄一息。一些人叫着跑向它，他们拿着弓箭，通古斯人看到驼鹿的身上已经有很多的箭了……

他们总共四个人，围着意料之外的猎物。其中的一个走向一动不动的野兽，用一把大刀割断了它的咽喉，断了它的最后一口气。这四个人说的话铁角都能听懂，他们是奥斯加克人，他们相互间叫作“凯特人”，喜欢用狗拉车，而不是用鹿。

通古斯人听力很敏锐，他听到了他们说的话，他们对意外的猎物也很惊讶。有那么一瞬间，他想着是不是该冲下去和他们理论猎物的归属，但很快他明白这样做不值得。

从山下升起一股帐篷里都有的浓浓的炊烟，大概，这些人只是留在营地里的一小部分。但让通古斯人惊奇的还在后面。

第五个人，也就是一个长着罗圈腿，个子矮小但很强壮的老头。他发出的声音像树枝断裂的咔嚓声，故意说得很大声，似乎是想让藏在远处的人听到。

“追了——又放弃追赶。这样不好。上帝会惩罚他的……去拿雪橇来……”

“这是托戈特人！”通古斯人基本是对着亚伯托的脸吼了起来。“你知道吗，他们是托戈特人！”

“哦……”大个子回答，“哦……”

每个民族都有自己的方式炼铁，但奥斯加克人的冶炼技术比其他人都好，而托戈特人又比奥斯加克人炼得好。他们就像与自己的爱狗交谈一样，与铁也进行对话，铁也很听他们的话。有一种说法，托戈特人是到地狱打猛犸象的猎人的后裔，所以他们的腿是弯的，个头很小，最主要的是方便看土地的下面……

托戈特人转场是为了寻找褐色的石头，其他的人转场是为了找到更多的猎物。因此谁也不知道老头住在哪里。他穿着阿林人、阿桑人和尤科人技术冶炼的铁铠甲，这些人都有奥斯加克人血统，他只是希望他的冶炼技术不会流传到其他的部族。

人们认为托戈特人是伟大的巫师，他们愿意付出高价去获得托戈特人的铁制品，如刀、匕首、铠甲和铁罩衫等。尤其是当奥斯加克人在战争中牺牲后，老头制作的铁制品成为胜利方的战利品,就这样,所有的人都知道他们能制作很好的铁质武器。于是，奥斯加克人制造的闪闪发亮的铁器成了树林里富有人家可继承的贵重物品，而他们制造的刮刀成了给新娘的最好的礼物。

“这股烟不是从帐篷里冒出来的炊烟，”铁角说，“他们找到了铁矿，有很多铁，他们这是在焚烧树木炼铁……你知道吗？”

通古斯人不说话了，疑惑地盯着亚伯托。大个子早就明白他的客人想干吗了。

“他身边有很多人吗？还是仅仅这四个？”他最后问道。

“我认为肯定不止我们看到的这些。这些鼻涕虫是他的儿子。他可能还带了奴隶。托戈特人总是随身带奴隶的。但对付他们不需要武器，就这个东西足够了。”

通古斯人笑了笑，用手指着亚伯托身旁的鞭子。大个子也回之一笑。

那天他们没再多谈那老头。铁角是个聪明人，他知道应该等到短脖鹅彻底想明白了再说。

早上他们一睡醒就开始吃早饭。天亮前乌玛就煮了很久的肉。亚伯托首先开口说话：

“我们总共两个人。”

“你大儿子差不多是个男子汉了，他的绰号怎么叫？”

“鹅腿。另一个叫亮闪闪。”

“我看到还有个小的……”

“这个可以不管他，就是个小不点儿，虽然跟鹅腿同龄，但更适合待在家里做女人的工作。他的外号是狗耳朵。他小时候就能提前半天听到飞过鸟儿的声音。不知道他现在还能不能听到。”

“是这样，”铁角很惊奇，“可以叫他过来吗？”

大个子扯着嗓子喊了一声，在不远处正对着一块鹿皮练习射箭的亚伯通卡和亚维列马上朝我走过来，一把抓住我把我带进了大帐篷。

“你父亲说你能提前半天听到飞过的鸟儿的声音，是真的吗？”

我听到的是个友好的声音，但还是不急着回答他。每次我走进大个子住的地方的时候就会感到浑身紧张，内脏痉挛，有一种不安全的感觉，这一次我看到那种不安全感就在那块鹿骨头上，亚伯托正用石头将它敲碎，试图取出里面的骨髓。果然我的预感没有骗我，一块骨头嗖的一声朝我的脸砸过来，但我及时地避开了。

“很灵活。”通古斯人夸奖道。

“你回答呀。”亚伯托说。

“以前能听到，但现在——我也不知道能否听得到了。”

“滚。”亚伯托命令道。

当我从帐篷里“滚”出来的时候，还没走出几步，我的命运就被决定了。

“他有一双就像在圈套里挣扎的黑貂的眼睛，”铁角说，“不应该让有这样一双眼睛的人无所事事而白瞎了。”

“白瞎了又怎样，一点不可惜。”大个子说着，沉默了一会儿，然后补充说：“好，我们就带上他吧。”

亚伯托去给自己和儿子们穿上了从林里最好的铁制装备，他想让他们去接触真正的战争。通古斯人虽然长期过着征战、在森林里打猎为生的生活，但除了自己有一个与铁有关的名号以外，还没有一件好的东西是用铁做出来的。为了让大家高兴，大个子决定带上那个他收藏已久的很难看到的家伙——捕鹿器，他用这个曾在一次狩猎中捉到了近十只野兽。一向认为自己是慷慨的亚伯托带着一颗平静的心别过营地上路了。大个子没有告诉留守的人他这是去哪里，去做什么，这本来也不是他们该操心的事，尤其是当粮仓被装得满满的时候。

一个由十只鹿，五个雪橇组成的狩猎队在天亮的时候出发了，他们经过十个昼夜的跋涉来到了铁角曾失去驼鹿的地方。

- 托戈特人 -

通古斯人很善于偷袭。在途中过夜的时候，他常和亚伯托在远处嘀咕着什么，因为隔得远，所以年轻人们根本听不到他们在说什么。父亲命亚伯通卡和亚维列练习射箭。而分给我的工作是照顾鹿群，搭建帐篷，升火和煮肉。亚伯通卡因为第一次出来打猎，整个人欢快得像一条小狗一样，他弟弟也跟着他一样地快乐无比。

到了奥斯加克人的秘密宿营地后，铁角在发生过战争的地方安顿好每个人。我被安排在丘陵的峡谷中看护鹿队和雪橇。大个子的两个亲儿子在托戈特营地边设伏巡逻，营地旁有个小湖，湖里凿了很多的冰窟窿用来取水和淬铁。

看得出来，为奥斯加克人到来准备的无数的落叶松树后，褐色的石头一直等着他的到来。一群铁匠，疯狂地挥舞着斧头，砍着树干，整个人被笼罩在令人难以忍受的散发着松脂味儿的热气里，他们不停地向一口大炉子拖送木材，炉子上正对着树林的一面有条漆黑的裂缝，仿佛凝视着密林深处。其他的人正两人一组地用大木棍向一个不太深的、光滑的坑里堆放褐石。远处很难分辨谁是老头的儿子，谁是奴隶。他们都穿着脏兮兮的皮外套，脸上布满了尘土和黑烟，与多日的汗水混在一起，完全看不清他们的模样。

老头本人在营地来回走动，用粗鲁的奥斯加克语对每个人吼叫。那天早晨，还没上工前，托戈特人就开始发火了，因为昨天这群懒惰贪吃的人一吃完饭就倒下睡觉了，甚至根本就没有提前准备好需要的木材和褐石，但白天是短暂的，要在开工前完成这些工作会占用很多时间。大概他儿子和奴隶们已经对他的粗言粗语习以为常了，他的呵斥声并没有让大家加快干活的进度，他本人也只是挥了挥手中的棍子吓吓人而已……

突然之间两个陌生人降临营地，就像猞猁扑向了目瞪口呆的猎人一样，让他们措手不及。他们从垂直陡峭的地方滑下来，径直走到了中间的炉子旁边。

“托戈特人，你个老不死！”通古斯人大声说。

老头惊得说不出话来，他的人就像受到突然一击一样吓得直哆嗦，停下了手中的活。死寂中只听到铁角愉快的声音。

“老爷子，你选了个很好的地方呀。财富唾手可得，有酒有肉，还有贵客呀。我的驼鹿你们吃完了吗？”

托戈特人久久地看着通古斯人，不乐意地说：

“为什么追杀了驼鹿，又把它给扔下不要了呢？老天爷会惩罚你的……你会最终被饿死的。”

“我是铁角，你听说过我吗？”

“可能听说过，也许忘了。我干吗要记住每个流浪汉？我有自己忙不完的事情。”

老头明白是怎么回事的时候，声音也变得越发的强硬，这种强硬、不友好也传递给了他身边的人。他们中的四个手拿斧子，从木材堆那边走过来，从四面围着正在说话的人，这正是老头的四个儿子。

“你可真不友好。”

“难道这个筛子脸就友好？”托戈特人扔下棍子指着亚伯托说。“你——尤拉克人，你又怀揣好意来了吗？”

老头完全踩着他们的痛点了，因为无人不知，无人不晓，尤拉克人和通古斯人本是宿敌，正如尤拉克人和通古斯人知道奥斯加克人和谢利古博人是相互敌视的一样。

“老头，别白费心机了，”铁角说，尽量将语气变得平和，

"我们只是想看看你们制造的东西,都说你是个伟大的工匠……"

"你们想干吗?"托戈特人喊叫着。

他的儿子们向前迈了一步。

"把你的铁制品卖给我们。"

"我不卖。"

"我们会出个好价。"

"不,我说了不卖……"

"为什么?要不我们谈谈吧?"

"这是奥斯加克的铁器。我从不和人讨价还价,尤其是和你这个筛子脸。"

"听我说,要是你来不及锻造足够的铠甲和刀的话,我们可以等。为得到你造的铁器,我可以忍受侮辱,你为什么不能把我当客人,对我们客气点呢?"

托戈特人低下头沉默了一会儿,当他抬起头时,我们的人看到了从他满口黄牙的嘴里挤出无声的冷笑。

"你是有脑袋的,通古斯人,可你的脑袋只是为虱子们提供住所的地方,"他喘着粗气说,"要不,你应该明白你今天的事情就是能活着从这里离开,而不是强行到我这儿来做客。"

老头话音一落,整个营地就响起了一片哈哈大笑声。他的儿子们为他们傲慢的拒绝而哈哈大笑,奴隶们抱着棍子也在一边哈哈大笑,就连铁角自己也跟着哈哈大笑起来。

只有亚伯托没有笑，他走向老头，向他的肚子猛插一刀。

他毫不犹豫地，默默地做了这一切，就像是从锅里挑起一块肉那么简单自然，托戈特人的儿子们完全不能马上从突发的事件中反应过来，父亲刚刚还哈哈大笑，怎么突然间就死了，正在他们还没反应过来的那一瞬间他们也丧了命。

不知从哪个角落射出两支箭，一支射穿了年轻的奥斯加克人的头，而另一支射到了站在几步之外的他兄弟的肩上。而另外两兄弟颤抖着用吓得几乎看不清的双眼寻找射箭的人，他们的惊慌失措给亚伯托和铁角提供了袭击的机会，他俩快速扑向兄弟俩，用刀结束了他们的性命。

秘密营地的生命一下子就停息了，就像一只白色虫子的生命一样脆弱。而铁匠老头在嘲笑铁角筛子脸的时候，曾用白色虫子辱骂过他。

当托戈特人还剩有一口气的时候，通古斯人向他走过去说：

“可惜呀，老头，这就是你不对我们客气的下场。你造的武器在哪里？”

“奥斯加克人的铁器会带给你痛苦，还有你，你们尤拉克人，你们这些卑鄙无耻的……”他发白的嘴唇慢慢地闭上，不再说话了。

大个子的儿子从设伏的地方冲出来，一直到了营地的中央。亚伯通卡就像是脑子受损了一样，他不是大声地喊叫，而是发出悲鸣声，轻而易举的胜利让他内心有一种难以接受的惊慌失措。他不停地向奥斯加克人的尸体放箭，直到他父亲向他脑袋扔了块石头把他打醒，接着他瘫软着双膝跪在地上。亚维列走来走去地找那支射到托戈特人一个儿子肩上的箭。

亚伯通卡向父亲冲过去，指着山里一个掩蔽所，旁边有个入口，老铁匠的人就是从那里搬出褐色石头的。

“父亲，那里有奴隶，他们还活着。他们藏在那里，你让我去杀了他们吧，你不要阻拦我。”

鹅腿说着说着快哭了。

“你喜欢上这种战争了吗，儿子？”

亚伯通卡就像刚从冰水里爬上岸一样，冻得浑身发抖着。他没有回答父亲。

“大概你在想，今后常会有这样的战争？”

“父亲，请允许我……”

亮闪闪跑了过来，他的眼光充满了乞求。

亚伯托开始想起了老头的奴隶们，但他的思维被铁角给打断了，他用手指指着狭窄山谷的方向。

“你看……”

只是在现在这一刻，亚伯托才看见了隐约有明显平行的两条雪橇痕印一直向下延伸，最后消失在山谷中。

“我近距离看了看，雪橇印已经快被雪给埋了，”通古斯人说，“那人大概在我们到这儿的时候就离开了。”

他俩话还没说完就都冲向了山里的掩蔽所，藏在那里的托戈特人奴隶挤着躺在一起，就像暴风雨中挤在一起的狗崽子们，他们还活着。铁角抓住其中一个的衣领把他给拽了出来。

“你们有几个人？”他吼叫着。“快说，有几个！”

那个奴隶张着没有牙齿的嘴巴吸了一口冷风，当他试着想说什么的时候，却发不出声来。

“几个！”

铁角拿刀抵着那个奴隶的咽喉，瞬间那奴隶吓得不敢动了，屏住了呼吸，摊开的巴掌有两根手指头被砍掉了一半。通古斯人收起刀，那奴隶一下子就钻进了洞里和那堆肮脏的兄弟们混在了一起。

“他去了我们鹿队停留的地方，”他对亚伯托说，“你的那个小家伙能拦阻他吗？”

大个子顿了一下说：

“好像他连弓都没有。”

“奥斯加克人很快会到这儿来的，”通古斯人说，“会带着他们所有的铁制品，会跟着我们的足印过来。”

“应该把所有战利品都收起来。”

“等一等……”

通古斯人坐上雪橇跟着留下的雪橇印飞快地走了。

那个人是托戈特人五个奴隶中最不起眼儿的一个。他不适合砍松木墩子，也不适合捣碎石子。他干着和我相同的活儿，烧饭，搭建帐篷。

无论是老头，还是他儿子们都不记得这个人是哪个民族的。

他被人关注的程度还不及一只最不显眼的小狗。但他是个安静的，勤劳而忠诚的奴隶。托戈特老头一次都没打过他，因为那个奴隶总是能急主人之急，甚至在主人还没想到的时候就已经把事情做完了。

当有外人进营地的时候，这个奴隶正坐在半个木墩儿上劈一张微微上冻的驼鹿皮。那个木墩儿离帐篷较远，在营地的另一边，他们没有发现那个奴隶，但奴隶看见了他们。就在铁角开口说话的时候，他坐上雪橇跑了。

谁也不知道他是怎么猜到将要降临的灾祸的，托戈特人手下的其他人对此突如其来的灾祸竟无一人预感到。当他看到前面小型鹿队的时候，差不多已经走到了我留守的地方。鹿儿们正在不深的雪地下刨食青苔。离几个载货雪橇不远的地方站着一个人，手里拿着一把弓，正搭着一支箭准备发射。

这个人就是我。

当我们出发去偷袭的时候，亚伯托没有问我是否有弓，因为对于大个子来说我是那么的微不足道。

对于亚伯托的事情我一向不关心，我也仇视他做的任何事，但我那时因为年轻，一听到战争我就热血沸腾。当我明白我在突袭中要做的事一样是让我感到抬不起头来的那些工作，做那些事不需要武器时，我顿感异常委屈。我想起了洒在我脸上的尿，我自己的秘密藏品——一把弓和几支用骨头做箭头的箭，它们都藏在雪橇里。在途中夜宿的一个晚上，我从亚伯通卡的箭筒里偷了一支真正用铁做箭头的箭。我不想在偷袭中比其他任何人表现得差，虽然我清楚地知道，我的想法是自欺欺人。

他们出发的时候，铁角吩咐我无论发生什么，都不要丢下鹿队。和大个子一样，他没有问我有没有武器，因为不能想象一个人在密林里不带弓箭会是怎样的危险。通古斯人没有看见我的忐忑不安。

“看好它们，小伙子，”在道别的时候他打了下我的额头，“你如果看见敌人就毫不犹豫地射他。”

当四个人已经走远的时候，我给弓拉上了弦，这弦我一直藏在皮猴儿下面，并搭上偷的箭。我就像个没心没肺的小男孩一样高兴地觉得我的手里不再是空空如也，我一点也不比通古斯人、亚伯托和他的儿子们差。为了感觉到这点，我举起了武器，当箭头下出现了个小小的身形的时候，我瞬间拉满了弓。

这个人没有马上看到鹿队，而当他看见的时候就停了下来。

大概他正在想应该往哪里走，但他并没有想多久，因为两边都是陡峭的长满树的山坡，面前就只剩下一条路。我们站在那儿一动不动，相互看着对方，我们明白，我们是撞上对方了，无论如何摆脱不了对方了。

当这个人看见我手握的武器时，他还是向前迈了一步。我内心已感到了他的敌意，心跳疯狂地加速。我向他吼道：

“嘿，你，站住！”

那人停下了。

“你是谁？”

没有答复。潜意识里我又开始喊了另外的话：

“躺倒，躺倒在雪地上，躺下。”

对面的人不动了。我现在看清了，他既没有弓，也没有其他武器，有可能他藏着一把小刀。当敌人飞快跑着的时候，我心中涌起一阵恐惧，因为我害怕杀人。当我认为敌人放慢脚步是准备按我吩咐躺倒在雪地上的时候，我心里一阵轻松……

我看见了一张布满麻子的脸，凝滞的眼光，被撕破的皮外套，他的身形，他的样子很像我。我放松了弦，又开始向他吼：

“你给我卧倒！”

但那人没有倒下，他向前移动，完全没停下来，张开双臂一直走，就像是走向一条自信熟知的路，那双眼睛看着我时不再躲闪，就好像知道我内心的恐惧，并对此表示了蔑视。

我把箭射了出去。

那一刻所有的声音都消失了，但我却看得十分清楚，我没有听到箭弦是怎样打在我外套袖子上弹出声来，没有听到箭呼啸的声音，我只看到那支箭是怎样无声地射向迎面走来的人，是怎样停在了他额头的中央。

那人坚持站了一会儿，脸朝下倒下了。

通古斯人迈着大步从谷底走了上来。他走向死者，把他身体翻了过来，让他的脸朝上，我看到了远处被断成一半染满了血的箭柄，另一半插在他的脑袋上。突然间我的听力回来了，我听到了一些才有的，刚发出的声音。

“你过来！”铁角大声说。

我跑了过去，那个被杀死的人正瞪着双眼看着天空。就像鸟巢里掉下去的一只雏鸟，他从人世间消失了……死者身下的雪被鲜血染红了，一直浸入了土地。

当通古斯人开口说话的时候，他嘴边平行的花纹也慢慢地动了起来。

“你看该怎么办。”

铁角从刀鞘中掏出一把大弯刀，割开死者身上那件脏兮兮的、瘦小的皮猴儿，死者的身体裸露在眼前，身体发白，身上布满了疤痕，看上去像是得了什么疾病而留下的。眨眼工夫，铁角用刀割开了死者肋骨边的皮肤，他宽大的手插进身体里，就像伸进一只小口袋去找寻什么东西一样，当他快速抽出手的时候，他脸上的鹿子开始跳起了舞蹈，那是铁角在笑，而我此时看见他那被鲜血染红的手上有一颗正在不规则跳动的球形的东西。

“你把它吃下去。”

通古斯人不是大声地说这话，他此时说话的声音，是我从未听过的，而且任何人都没这样对我说过。

“吃下去，”他重复着，“你现在再也不是小不点儿了，你是战士了，就像我和你父亲一样的战士了。无论你杀了多少敌人，你杀的第一个总会一直牢牢地被你记在心里。这是你的开始。”

但我没有伸出手去接那东西。通古斯人把那颗心分成了两半。

“你如果害怕，那我陪你一起吃。”

亚伯托从山底慢慢地爬了上来。他站在远处一动不动地看着眼前的一切。我看见在他的脸上慢慢地浮现出了一丝笑容，那笑容又如何慢慢地僵住，好像有某种力量在驱赶他内心的麻木，使他伸出手来接受通古斯人的礼品。

当他看清楚是什么东西时，他立刻收起了笑容转身向山下走去。

铁角用目光送他离开，一阵短暂的沉默后他开始对我说：

“听说过诵宁人吗？”

“没听过。”

“他们是勇士，他们每个人都顶得上一支军队。当诵宁人变老时，就会求人把他杀死并吃掉他的心脏，以此把力量传给他人。你就是传递他们力量的人。”

“他竟然连一把刀都没有带。”

“而你表现也不错哟，”刺青脸笑了一下，“记住，当有人手无寸铁地走向一个全副武装敌人的时候，那人就是诵宁人，即使那人是个奴隶。当诵宁人的心脏在你身体里复活时，你就会明白这一点。”

说完这些，通古斯人大笑了起来，他轻轻地拍了拍我的额头，跟着亚伯托向山下走去。

铁角说他和他的同伴们可以慢慢等着铁匠老头打制更多的铁器，其实他就是信口一说，就是个玩笑。可铁角的玩笑话却真的应验了。他们抢夺的战利品简直少得可怜——仅够武装一个士兵。其中包括一件用闪闪发亮的铁片制成的长罩衫，一把比普通武器大的长柄刀，一件铁制铠甲和一顶铁帽子。另外，在山下的窑洞里还有一堆托戈特人未来得及加工的铁。

通古斯人郁闷了一会儿后对亚伯托说，虽然战利品很少，但很容易分配，他建议分给大个子铠甲和长柄刀，而他自己获得罩衫及帽子。这样的分配未能让亚伯托满意。铁角又建议说他们可以做个交换，但这提议也没让亚伯托满意。接着通古斯人说，他知道有个地方可以用他们的战利品去换锅、兽皮和牲口等。

“我不需要鹿子。”大个子说。

通古斯人拍了拍他的肩膀。

“可你已经有了自己的军队，虽然不大，但已经很厉害了，你还会弄到足够的铁制品的。”

“我们走吧。”亚伯托说着，拿了自己分到的那一份向雪橇走去。

鹅腿跑到父亲前面对他说：

“父亲，那里有几个托戈特人的奴隶，你还记得吗？我给你说过的，怎么处置他们？”

“随便你怎样处置。”

亚伯通卡欢呼了一声叫上亚维列就向山里的那个藏身的山洞冲过去，他们一边奔跑，一边把箭搭在弓上，大个子听到了嗖嗖的射箭声和人的尖叫嚎哭声。很快就只能听到他们的射箭声了，已经没有人在惊叫了。

途中，亚伯托好像整个人变得和蔼了许多，他友好地与总是很快乐的通古斯人讨论着什么。但在途中歇息的某一个晚上，在离营地还有一半路程的时候，铁角再也没有醒过来。我看见通古斯人脸朝上躺在帐篷里，他鼻子上的蛇也完全伸直而僵硬了,脸上的鹿子和嘴边的花纹都垂了下来,一直到他的短脖子上。在他的脖子上横着一条血口子。

通古斯人分到的那份战利品自然被亚伯托放上了雪橇。

那个被杀死的托戈特人自己一个人生活，甚至他的亲人都不知道他在哪里安营扎寨。

所以，一直到了春天积雪融化露出老头尸骨的时候，营地被捣毁，老头被杀死的消息才被奥斯加克人知道。但要找到捣毁营地的真凶却只有大萨满才能做到了。失去了托戈特和他所有的手艺继承人，奥斯加克人明白，他们现在已经不再掌握能制作最好铁制武器的技术了。不管是一个凶手，还是很多凶手，他们发誓一定要找出来。

- 奴隶的心 -

那次偷袭之后，亚伯托和他儿子们在家里大睡大吃了好几天。平静的生活让大个子终于忘记了一路上的烦心事。

那些天他第一次开始和我说话。当大个子从帐篷里出来的时候，我正从树林里用雪橇拖着柴火回来。

“到我这儿来。”

我抛下雪橇，向他跑过去，停在离他几步远的地方，这个距离正好区别出我们之间的尊卑关系。

营地的主人蹲在地上，他的眼睛正好与我平视。

“我从未有过用骨头做箭头的箭，你是从哪儿弄来的？我在你的行李中看到了。”

大个子的话中没有带什么威胁，他就像个主人在那里训话，要求把一切东西放好归位，亚伯托了解自己的每一件东西就像清楚自己的手掌一样。

“你偷了我给亚伯通卡的箭，是吗？”

我费力地喘了一口气。

“是的。”

“你是想说：‘是的，父亲。’”

“是的，父亲。”

“为什么只偷了一支？难道对一个好战士来说一支箭就足够了？你干吗不说话？你怕亚伯通卡会发现他少了一支箭？”

我很庆幸已经有了现成的答复，不必去找词来敷衍，我趁势答道：

“是的，父亲。”

“你是想像所有人一样去作战？你大可以向我要箭的，你为什么不向我要呢？”

大个子站了起来，他明白，此时说任何话对眼前的小不点儿都不起作用。

“你已是一名射手，你不仅仅只能射杀雷鸟。你是从哪儿弄的骨头箭？”

“自己做的。”

“用来干吗？”

“用来射雷鸟……”

亚伯托沉默了一会儿。

“你还记得那个通古斯人吗？”他突然问，“你不用回答，看得出来，你还记得。大概你希望他割了我的咽喉吧？我对你很严厉，而刺青脸对你却很好。他是唯一一个和你说过话的成年男子，何况他还教会了你怎样掏取敌人的心脏。那心脏是什么味道？和新鲜的鹿肝一样吗？快讲讲，吃人的心脏是什么感觉？”

“不知道。”

“那个小伙子是托戈特的奴隶。你吃了奴隶的心脏，那么你就可能变成奴隶。你明白吗？你该明白，铁角这到底是对你有多好呀？”

我低下了头。

亚伯托说着说着有点不耐烦了，看来他是不能从这个长着和拉尔同一张脸的小男孩嘴里再问出点什么了。

“你已经成了和他们一样的奴隶了，你不会有弓，甚至像这样的骨头箭你也不会得到。你只有用来砍柴和运柴的雪橇以及斧子。我不需要吃过奴隶心脏的儿子。”

亚伯托转身向自己的帐篷走去，然后他听到了身后传来的拖雪橇的声音。

突然间他的喉咙下方感到一阵奇怪的疼痛。这是种羞愧的感觉，把文卡叫儿子，大个子为自己的谎言而羞愧。“什么让你去撒谎了？”他听到他的守护神在嘲笑他。

他深吸了两口气，那疼痛像突然来一样，消失得也很快。守护神沉默了。亚伯托笑了一下，他无比欣慰地想，只有具有高贵灵魂的人才会像他这样宽宏大量，才会和这样怪诞的小东西讲话。

过了一会儿，鹅腿和亮闪闪拿着我的武器自娱自乐，发出咯咯的笑声。

他们在对着一张老驼鹿皮射箭，骨箭头差点把皮给射穿。

晚上，被折断的弓和箭柄在炉子里被烧得噼啪地响。

“你现在没有箭了，你用什么去打猎呢？主人？”

娜拉站在我对面笑着说。

“你还想另起炉灶吗？”

我尽力不去看她，她的笑声就像一根细藤条一样抽打着我的脸，让我特别难受，我甚至有点忍不住想哭了。在我最难受的那一刻，我放下木柴，伸直腰，举起斧头对她粗暴地说：

“你给我走开。”

娜拉停止了大笑。

“你打我呀！”她说得那样的小声，就像是伏在我的耳边轻声细语一样。

我放下了斧子，开始用膝盖把长长的树枝碎成小段，树枝折断的噼啪声让我内心有了些许的放松。

我想最好还是把我杀死了一个敌人并吃了他的心脏的事情告诉眼前的这个小坏蛋，大概她对此事还一无所知吧。那两兄弟自认为自己是成年男人，就像父亲一样根本不跟女人们讲自己的事情。

但在我正要开口说此事前，娜拉问了：

“你不敢打我吗？你好像已经杀过人了嘛。”

我顿时浑身一紧，沉默了一下，用尽量很酷的话说：

“是的，杀过一个敌人，还吃了他的半颗心脏。”

“呀！”春姑娘尖叫了起来，那是一种惊喜的叫声，就好像有人送了一大串珠子的项链给她一样。“你是个真正的战士！真正的……”

“是的，真正的。”

我几乎是吼了起来，同时心底又升起了一种屈辱的感觉，情不自禁地想流泪。

“可真正的战士却做着女人的活儿。”

娜拉还没来得及闭上嘴就听见弯弯的松树在她眼前发出噼噼啪啪被折断的声音。长久的沉默中，我看到她的双眼像两张已经上弦拉开的小弓睁得大大的。

最后她说：

“你不会像杀死那个敌人一样把我也杀死吧？”

“不会，我不会杀你……”

我从雪地上拿起斧头放到雪橇上。

“你快走吧，你难道不干活吗？”

但娜拉没有走。

“如果你想看一个真正的战士怎样干女人的活，那你就看吧。”

春姑娘一动不动地站着，不说一句话。过了一会儿，就像是从宝盒里拿到自己最宝贝的东西一样，突然开口说话：

“父亲那儿来了一个人……他们吃了很多肉，吃了好几天……大声地聊天说笑……”

“我听到了。”

“不，你没听到。这人是从河对岸过来的，就是从恩卡人那儿过来的，”娜拉继续说，听完她说的这几句话我整个人就呆了。“我听到了这个人说的话……我当时在旁边的帐篷里，母亲让我给他们端鱼粉去……”

“继续说！”

“……这人说他看见了拉尔。他活着，长得很壮，和所有的人一起吃肉。赫诺老头把他培养成了一个很好的养鹿人……很快，可能用不了三年，就会把自己的女儿嫁给他，他女儿是最漂亮的。”

娜拉越说越慢，最后她的舌头就像手中的石子滚来滚去一样，发出的语句有点含混不清，甚至眼泪也顺着两颊往下流。

当父亲把拉尔从营地带走的时候，她也流过泪，只是谁也没发现。她自己也一直保守着这个秘密。

就这样，我，小不点儿文卡，一个长着一幅小小身板儿，有一张拉尔的脸的人成了春姑娘的宝藏。我并不知道娜拉已经学会了女人的善于掩饰、隐藏和撒谎的本领，用最漂亮的话来掩藏真实的自己。我成了她最珍贵的玩偶，每当她嘲笑我的时候，她就真实地暴露了她的秘密，这秘密在几年后我终于猜中了。

现在，她明白，她的眼泪出卖了她，她散落了自己的宝藏，但她并不觉得委屈，也没有懊恼，反而感觉到内心的平静，甚至有一丝柔软的痛楚。

她解开外套领子，拿出一串项链。

“这是你送给我的小鸟项链，”她说，“我将一直带在身上。”

她说完就转身走了。

我只剩下了半个灵魂。我的另一半跟随拉尔，被大个子带到了河对岸恩卡人的土地上。

自从人偶对我说出“逃跑”两个字，我耳边就一直萦绕着他的声音，仿佛在不停地劝我：“逃吧，逃吧。”我还像往常一样给他送饭并希望眼前的这个告诉我惊天秘密的人哪怕再对我重复一遍这两个字眼，或者叫我“懦夫”也好。

但老头子什么也没有说，他甚至拒绝睁眼看他周围的人和事。这种宝贵的话语逐渐在我内心冷却淡忘了。我开始相信大个子的话，认为我受了奴隶心脏的毒害。

但当文卡看到春姑娘流眼泪的时候，他明白有足够勇气活下去了。他不知道生活会怎样继续，但他至少已经不再害怕了。

就这样没任何担忧和恐惧地一直到了冬末，然后就是静谧的春天过去了，烈日灼人的酷暑也一晃而过。我一直在等待着什么，但又说不出是什么。这种等待中没有焦虑和不安，反而给我力量。娜拉填满了我的心。

春姑娘很漂亮，父亲、母亲，尤其是那兄弟俩都这么说。我知道，他们说的是真话。

但娜拉的美对我来说就像是天上闪耀的一道光环，是属于大家的，就连在我内心最深处都未曾有过丝毫把她据为己有的念头。自从那次在我面前流过泪以后，娜拉便再也不嘲笑我，不说话气我，她完全不再看我，也不和我见面。但我一点也不为此感到伤心难过。我可以远远地看着她，当我见不着她的时候，我也知道她总会在我身边的某个地方，正在帮着母亲刮兽皮，缝皮衣。

娜拉为我再现了拉尔，看着她我就仿佛感觉到了拉尔的心跳，我们仨就成了一体。

从那以后我再也没有听说过关于约尔什的消息，对岸来的那人也再没出现过。

初秋的一天，营地里出现了一群通古斯人养的体型高大的孔多基尔鹿。队伍前面的莫利孔老头请求尊贵的亚伯托把女儿嫁给她的儿子阿尔坦雷。通古斯语中的阿尔坦雷指的是大力士的意思。

莫利孔的彩礼有一百多只鹿。他许诺说，如果喜欢打猎的亚伯托不想要这群牲口的话，那么可以换成其他的好东西和武器等。

亚伯托设宴款待了他们，这意味着他同意了老头的提亲。

娜拉半夜被扶上了一只白额母鹿带走了，她去的那个地方位于中卡坦卡河流入雍涅西河的入口处。

春姑娘走后过了一晚，我那神奇的听力又恢复了。透过呼啸的风声我听到了鹿子细微的叫声，像笑声一样的哭声。

- 逃跑 -

力量和理智对一个人来说就像是客人一样，不是时常伴随着你的，只有当命运呼唤它的时候，它才会光临。这时候，命运把它们招呼到了我的身边。

我的理智就像是一个睡醒的神清气爽的人，把最后的一丝疲惫留在了被窝里。

我的理智告诉我最需要做的事是逃走。已经有了我需要的武器——它们在亚伯托的帐篷里，亚伯托明天打猎的小船正停在岸边。

理智还告诉我，思前想后，犹豫不决，害怕失败只会让人变得懦弱胆小，这也是命运的一部分。如果命运让胆小懦弱去见鬼，那么即使是最不起眼儿的人也会变得勇敢起来。

黑夜在褪去，当天空变白的时候，一轮惨白的月亮正落在山峰上，白昼即将来临，我从帐篷里走了出来。亚伯通卡和亚维列睡得很沉，他们什么也没听到。我走向大个子和他妻子的帐篷，手里拿着一把小斧头。

我内心很平静，因为我感觉到，我期待的那一天终于来了。昨天曾出现了奇迹——几个月以来，人偶第一次开口对我说话了。

“你要拿走那铃铛。”老头说，他没有睁开双眼。

我把带肉的饭菜放到他的面前。

“什么铃铛？”

“这是很久以前的事了，有个女人背叛了她的丈夫。那时正在打仗，男人们都穿着铠甲睡觉。有一次，女人很柔情地要求丈夫脱下铠甲和她做爱，丈夫同意了。晚上，妻子的情人来把熟睡中的丈夫杀死了。那女人和情人跑了，在一起生活了很久。最后，他们甚至被很多人羡慕。从那以后，杀死熟睡的人已经不是罪恶了。但如果一个人想在和平时期一样脱衣服睡觉，那么他就会把铃铛绑在武器上，当有人接近武器的时候铃铛就会报警。”

说完这些，老头就不再说任何话了。

我并不常去父母的帐篷，但我知道亚伯托把从托戈特那儿拿的武器一直藏在身边。理智清醒地暗示我，最可靠的做法是用斧子一下子击毙大个子，在必要的时候，亲亲女也可以一块儿解决掉。我已准备好在必要的时候这样去做。

但在那难忘的一天，我的命运之神再次眷顾了我，他让狗和人都沉浸在甜美的睡梦中，还给了一丝微弱的光线透过烟囱口让我能清楚地看到一切而不至于犯下杀生的错误。

我看到了弓箭中部失去光泽铁质的部分，用手掌托住铃铛把这把大弓箭拿出帐篷放在了门槛边。很快，我看到了长柄刀、装有很多长箭的箭筒、缝有铁片皮的罩衫、铠甲和一把蓝色的弯刀。

在门口，我摊开一张大大的老鹿皮，我早就想好了这办法，以免在拖铁器去岸边的时候发出碰撞声会惊醒熟睡的人。我把偷来的所有东西放在鹿皮上，当我拖着鹿皮滑过草地的时候，铁器静悄悄地没发出任何响声。

记得我还曾非常担心没有足够的力气把大船推到河里。对于这艘船我还真没有抱侥幸的心理能划动它。要知道，大个子只有去雍涅西河的时候才会开着它。

但命运之神又一次给了我力量，虽然我因为太用力双膝差点陷入河边的沙地里。

平静而漆黑的河水推着小船静静地驶向远方。黎明中的树林很安静，这种怡然的静谧慢慢地使我的内心也平静下来，我手握船桨，没有敢划动水流，看着河岸慢慢地离我越来越远，我想，从不幸到幸福的路程是那么的短，甚至比一个人的手臂都要短，我为这咫尺的幸福哭了……滚烫的泪水流满了双颊，我使劲咬着嘴唇，无声地哭泣，害怕一放声就会失去意志，使哭泣变得没了意义。

不知从空中的什么地方传出一个弱弱的声音，渐渐放大，最后划破黑暗，冲破寂静——一群灰鹤从林中飞出。顿时我感觉我的泪水已经没了。抬起头我看到了发光的箭头……天亮了。

我开始划桨，把船向对岸划过去。

亚伯托不习惯对自己发火。

他清楚地记得，当他发现平时放武器的地方空空如也的时候，他被惊醒了，但他整个人就如堕雾中，一时间不知道发生了什么事。

他想截住船，但却白费了一天的工夫，给了小东西充裕的时间躲进丛林里。但他心底有一种执念，就好像是与亚伯托和他的守护神特意唱反调一样，把亚伯托正确的判断给打乱了。亚伯托本就想着小不点儿只有一条路可走——到河对岸，恩卡人的土地上去，那里有拉尔。

亚伯托寻思了让他乱阵脚的原因，最终原因在人偶那里找到了。老头子吃得虽然很少，但毫无疑问能让有敌意的人难堪，他对人的伤害不亚于一个强有力的敌手。老头活得太久了，久得让人无法忍受，应该让他的寿命缩短的，而亚伯托一定会按神的旨意去做，他会让一切归位，他会找到丢失的东西的。

现在，当他不再有执念的时候，他知道，小东西没有足够的力气拿着那么多的武器。在密林里追上他对于一个经验丰富的猎人来说应该不是件很难的事情。只是一定要遵循理智，向自己的保护神求主意，而不要再犯错误。

在小船回来的第二天早上，大个子和儿子们过了四特河。

在去短途狩猎的半途中有一个小湖泊，河水就流进这个湖里。亚伯托沿着弯曲的河道走，命令儿子们也分散走，相互保持一定距离去找文卡的足印。

他认真地查看每一个地方，就像是撒下一张孔眼很小的网，以免漏掉任何一个地方。

大个子知道，还有一小段路就是山了，山峰很平，一排排绵延开去，山峰之间就像是一个大块头的野兽趴在地上形成的垄沟。快到山下的时候，河水突然变直冲到峡谷里，峡谷很幽深，水面很宽。

亚伯通卡在父亲右边十步远距离的地方，而亚维列在左边，也大概十步远的距离。亚伯托走在前面，背上背着一把成年人的弓，这是他给拉尔做的。

路上他们碰到了一只三岁左右的小熊，小熊不久前才离开母亲，在那儿不满地哀嚎，它想快速地捕到鱼，那条小河里有很多茴鱼。当它看到人的时候叫了起来，然后开始逃跑，而亚伯托的俩儿子只看到了熊的屁股。他们提高嗓门尖叫，并跟在逃跑的熊后面哈哈大笑。亚伯托一声短喝声阻止了儿子们的尖叫和嘲笑。

“看脚下，真不长脑子。”

河水在峡谷里倾泻咆哮，震耳欲聋。秋天的太阳展示出在这个季节少有的慷慨，它已升到山顶上，停在山峰之间，整片山林覆盖在红黄相间的叶片的海洋中。被温暖气候唤醒的小飞虫到处飞来飞去。这是冬天来临前狩猎和捕鱼的最佳时段。森林就像是殷勤好客的主人一样在召唤着客人，但此时亚伯托心里却有像牛虻一样驱之不去的烦恼。但作为一个有一定阅历的人，他知道牛虻不值得去关注，因为他心里的另一半听到了另外的话。存在于他肩胛骨间的守护神小声说，继续往前走，就是通往成功的路。他的守护神明显地比另一个纵容小不点儿的神灵要强大。

虻声。小飞虫和牛虻常常能逼得鹿子发疯，甚至还能把驼鹿赶到沼泽里淹死……

“嗨，”大个子说，“听到什么叫了吗？这可对你太不利了，小伙子。你的守护神把你引到这里来，却不让我碰你，可他自己却想对你动手。你的神灵很坏，简直就如狼一样坏，他不是你的守护神……”说着说着，亚伯托又大笑了起来，看起来很满足的样子。

“你和他们处得怎么样？！”他愉快地大声说，“一个连太阳都不待见的人干吗还活着？”

这时太阳在山间照耀，就像一支支箭一样残忍地射在我头上。

很快，我的身体热得像要燃烧一样。

兄弟俩两手空空地回来了。

“你们就空手而归了？”亚伯托问，一点儿不生气，还像刚才那样高兴。

“完全就没有野兽。”鹅腿眼睛盯着地面，像犯了错误一样说。

亮闪闪像往常一样，永远站在哥哥身后一步远的地方，鼻子里大声抽着气。

“看见过麝，可跑了……”亚伯通卡又说了一句便再也没有出声。

他已经不想在父亲面前再澄清什么了，因为他看到了赤身裸体的，身上落满了密密麻麻的飞虫和牛虻的我。我全身的力气在慢慢耗尽，只剩下最后一点点支撑着以免被折磨得叫出声来。这一景象完全把亚伯通卡给镇住了，他就像掉进沼泽地一样动弹不得。

大个子看上去好像对儿子们的空手而归挺高兴的，因为他有了借口可以出去走一趟,然后回来看盛宴的高潮。他背上箭筒，拿上弓箭对我说：

“你让我去打猎吗？”他大声说，并不指望我回答他，然后无趣地指挥儿子们在离河岸十步远的林地边用两根交叉的木头支起一个火堆，让烟雾可以保护他们，但不会影响小虫子对我的咬噬。

“好的，父亲。好的，”当亚伯通卡明白了父亲意图的时候，高兴得差点跳了起来，“我们会照你的吩咐去做的。”

大儿子已准备跑起来去完成父亲的命令了，可亚伯托一把抓住他的风帽严厉地说：

“我知道你的心思，所以你给我听好了，我回来的时候，我不想看到他身上有任何疤痕和瘀青，你明白吗？”

“明白，父亲。”

“也不要和他说话。”

大个子放开儿子，头也不回地走进了林子里。

他一边走着，一边使劲地去听林中的各种声音，他希望听到他盼望已久的声音。他甚至放慢了脚步，以免走得太远而错过了。树林里响起了鸟儿的叽喳声，风刮着山峰，亚伯托停了下来……

亚伯托没有等错。很快那拖长的叫声传到了他耳朵里，那像是从湿地上传来的远远的鸟儿的叫声。那叫声突然中断了，又变成了可勉强辨识的哈哈声。亚伯托笑了一下继续往前走。

他没有听错，咆哮声和哈哈声是我发出的。我唯一记得的痛苦就是一个人的灵魂逐渐散去，就像眼睛慢慢闭上的感觉。我已经做好准备接受大个子说的一切。然后我陷入了黑暗中。

在折磨敌人的很多刑罚中包括：从头上和从脸上刮皮，就像吃饭时切肉一样把身体剁成一块一块的；用烧焦的木炭烫皮肤；把敌人插在削尖的木棍上；而把敌人放在一群血吸虫里是最讲究、最文雅的惩罚。为此需要时间和耐性。在炎热的夏天蚊虫一整天地咬噬着敌人的理性，敌人会像疯了一样地嗷嗷大叫。而到了第二天中午就只见一具失血的尸体——森林中的一大群生物就这样把敌人的性命给带走了。

但亚伯托知道，我是不会死的，他自己也不想我死。秋天意外的高温简直就是送给他的礼物，而看不见神灵的礼物是不会带给人害处的。这几天神灵是那么的近在咫尺，大个子好像不仅听到了他说话，还听到了他的呼吸声。

他很快找到了他在森林里要寻找的东西。

亚伯托从山上下来的时候，腰间挂着两只肥肥的松鸡，摇晃着打在他的腿上，还有一只装在他背着的口袋里，森林派发的禽鸟，就像是主人用木盘子为客人呈上的食物。大个子边走边想着自己的生活，这在他的脑子里突然变得不是一般的清晰。他一直有强大的保护，虽然不止一次可能被别人杀死、饿死和冻死，而且还有被自己的错误害死的可能。大概这就是人们说的他命不该绝。亚伯托已经忘记了痛苦，他知道，那一直困扰他的恐慌已一去不返了。他已经不怕命运了。

到了山下，他已经看到火堆冒出的烟了，他加快了脚步。太阳已经快下山了，不再那么猛烈。亚伯托没有听到叫声，他想，蚊虫已经叮咬得那个小杂种没有力气喊叫了。他走向那两根交叉在一起燃烧的木头，从那里，可以看到他在岸边的临时营地。

他第一眼看到的就是空空如也的松树，在旁边的地上是一些被割碎的马套绳，小杂种的衣服也不见了。

“嘿！”亚伯托低声叫了一声。

他还没明白发生了什么事。

“亚伯通卡……亚维列……”

没一个人回答。他开始沿着河岸漫无目的地乱窜，很快，他找到了亚伯通卡。

大儿子脸朝下躺在河中间的一块石头上，那里离营地有一半的射程。河水冲刷着他的身体，他的背上插着一支箭。

稍后，才找到另一个儿子，那是在半道上，那里的河道已经变得弯弯曲曲，但水流却很小。

- 恩卡人 -

恩卡人的土地从亚伯托母亲河的右岸开始，一直向北到冰海。这是一片最广袤的土地，而那里的人也多得数不清。谁也不知道，到底有多少人称自己是恩卡人，不过面对这么多的恩卡部族也是件够吓人的事了。

科马尔（蚊子）人、波伯尔（海狸）人、梅斯（老鼠）人、伊芙连科（柳林）人、鲁其耶夫（河流）人、别列佐夫（桦树）人、利萨（狐狸）人，别里卡（松鼠）人，所有这种氏族部落，从名称就知道他们是什么来历，只是完全不能明白恩卡人到底来自何方。

恩卡人的祖先是谁，我们谁也不知道，大概恩卡人的祖先与凶恶的神灵、寒冷的主宰和地域之王签订了永久与他们结盟的协议，或者这些神灵自己选择了这个民族作为他们的代言人。恩卡人自己也严守此秘密，而神秘有时会产生恐惧，这些恐惧的传说在其他民族之间一代一代地传了下去。

萨满解释说：恩卡人是至高无上的神，创世者努姆的儿子，最终这个儿子欺骗了父亲。他偷偷地用不干净的东西遮盖努姆造的一些人，这些人因失去了对上帝创造出不洁的东西的抵抗而死去。努姆大怒，想把儿子变成天上的流浪汉，可恩卡用虚假的悔过之言求父亲不要驱赶他。他对父亲说，他非常后悔，所以他不敢奢望父亲能给他天上的封地，他只想在地上继承一块最不起眼的土地。

“你就只给我一个手杖端头那么大的地就行了，”恩卡说，“只是不要赶我走，父亲。”

努姆看到了儿子的悔意，就劝说他多要一点土地，可儿子哭了起来，用手抓扯着头发，泪如泉涌。他的泪水给地球上带来了大洪水，因此死了很多人。最终，努姆答应了他的请求，给了他手杖端头那么大的地方。恩卡擦干眼泪，把拐杖立在地球表面，然后向地球纵深插下去。

“你自己答应给我手杖能到达的地方，这地下所有的一切都是我的，你要遵守你的诺言，我的神。”

恩卡笑着说了这一切，而努姆的心都抽紧了，一时竟然说不出话来，不仅仅因为他失去了长生不老、心中一片洁净的子民们，更是因为失去了自己的儿子，这个儿子竟然用神赐的智慧欺骗了自己。

“一切会照你要求的。”努姆说。

这是努姆神灵在宇宙边际说的最后一句话。说完这话，他就去了天边，再也没有出现过。

很久以前有一些能上天的萨满，但他们谁也没有到达过天的尽头。当人们问他们：

“我们的神在哪里？他在做什么？”

萨满就垂下眼睛回答道：

“他正在沉睡，不要打扰他，你就这样老老实实地过吧。”

当努姆藏起来以后，地球上出现了数不清的神灵。他们完全像人一样：不凶恶，不善良，有时坚强，有时软弱，有时勇敢，有时懦弱。只是他们中没有普普通通的人。他们每个都有洞悉一切的智慧，而且能把握好自己的分寸。

但在早些时候，人们不知为什么不太相信萨满了。

他们的生活变得非常困顿。

“神在睡觉前留了什么给我们吗？”人们满怀希望地问。“如此善良的神不可能只是睡了，而什么都不给我们留下。难道主人能扔下一群没有看管的牲畜独自躺下睡觉吗？他总得安排一个人取代他吧？”

“他安排的我们。”萨满说。

“你们能做什么？”

“我们能和看不到的灵魂对话。和其中一部分达成协议，和另一部分讨价还价，谁软弱，我们赶走谁。”

“而神呢？神什么时候醒来？”

“他自己决定什么时候，可能随时会醒来。但愿不会在神醒来后，一切会变得更糟……”

“为什么？”

“谁知道睡醒的神会想什么？所以，你们就拿祭品来吧。每年开春献一头白鹿来，日出时撒上它的鲜血，这样努姆就会看见你，记住你，不会在他醒来的时候见到你而不认识你。那么他就会回报那些没有忘记他的人。但也得给恩卡祭祀上供，在夕阳下撒下黑鹿的血。不要忘了恩卡，他和他父亲不同，他没有睡，也没有离开我们。”

人们照萨满说的去做。最开始他们常常问萨满：努姆睡醒了吗？萨满让他们耐心地等。这样过了很多代，人们终于厌倦了，他们不再问伟大的、能上天的萨满了。但每年春天他们还是会在日出时向地上撒白鹿的血，因为他们的祖辈们都这样做。他们上祭品已经不带有任何美好的希望，而是出于害怕，害怕破坏已有的秩序。虽然很多人，尤其是一些聪明人明白，向一个熟睡的神上供是毫无意义的，但没有一个人站出来反对自古以来延续的这种风俗。何况一头鹿就算是对于一个贫穷家庭来说也不是那么大的负担。

然而，恩卡就像大家的手掌一样离得很近的，人们在宰杀黑鹿的时候，难免心里会感到紧张。有人真的在献出了祭品后的一年中避免了大灾难。但是那些对自己命运和未来有把握的人知道，充满灵气的贡品能保佑少数的人，但很多人是逃不出厄运的，人们早晚都会死。于是人们总是处于恐慌中。

但有一次出现了一个人，他想出了一个简单又能拯救大家的方法。这个人认为，一只鹿对于人们最亲近的神灵来说太少了，简直就是对神的侮辱。这根本就是什么也没有上供，甚至于比什么也没有还糟糕，简直就是直接对神吐口水。这个人来自于一个不太有名的氏族，像是伊芙（柳树）族，鲁其耶夫（河流）族，或是梅斯（老鼠）族。他向家族说了自己的想法，大概，他在心里暗暗笑话大家，为什么没有人更早地想到这一点呢？

“一次应该给恩卡多少鹿呢？”他部族的人问。

“多少都不算多。”他这样回答，让大家都很吃惊。

为了不被打，他马上向大家解释。

“这么强大有力的神是不需要鹿的。鹿子不应该是祭品。”

“那什么才是祭品呢？”

“祭品，就好比是割下你的一块心。”那人说，“如果森林里只剩下最后一只鹿，如果我们把它杀了，那么我们所有人都会被饿死，这种情况下，这只鹿就是祭品。”

“我们不明白。”人们说。

“你们马上会明白的。”

那人很勇敢，他走向一个士兵说：

“你有个年轻的妻子。你爱她吗？很爱她吗？”

“是的。”士兵回答。

“把她献给恩卡吧。在黄昏时把她的血洒在地上，那么这就是祭品。”

在士兵还没明白过来的时候，那人走向族长。

“而你就献出你的儿子。他有多大？一个月？把他献给恩卡吧，这对他来说不会是一种侮辱，他会很高兴的，因为他明白，谁都比不上你对他的尊敬。那么恩卡就会保佑你以后的儿子和我们大家。”

“而你，”那人向士兵大声地说，“你将会给自己再娶三个妻子，而且个个都比现在的好。现在，你们明白什么是祭品了吗？”

该士兵想杀了那人，但族长阻止了他。

“那你自己有什么可以献给恩卡的呢？”

“目前只有我的智慧。恩卡一切都看在眼里，他知道是谁给你出了这么好的主意。”

“这种情况下，努姆又想要什么祭品呢？”族长问。

“努姆？”那人笑了笑。“难道他存在吗？”

大家想把他撕成碎片，但想了想，只是把他痛打了一顿，然后把他抛到了荒郊野外。

那人猜到他的那句“恩卡看得见谁出了这么好的主意”会救他的命，果然，他没有猜错。

拖着被打断的腿和受伤的胸膛，他差点饿死，被野兽吃掉，被蚊虫咬死，但过了几天，那个士兵年轻的妻子找到了他。她给他带来了食物、弓箭和斧头，除此以外还有用熊胆做的药，用此治愈了那人的伤口。那女人告诉他，她是扔下丈夫逃出来的，因为她从来没有看到过这样勇敢的人，虽然个头不大。

他们一起活了下来。他们挖了一个土窑，加盖了木头、桦树皮和一张驼鹿皮，那是男人在晚秋捕到的一只驼鹿。等到熬过漫长而寒冷的冬季，到了春末的时候，女人生了一个孩子，是个女儿，她把她递给了丈夫，把他们的女儿献给土地神。

后来，她每年都生一个孩子，而且全是儿子，他们没有一个生过病，挨过冻。

那个人和那女人就成了恩卡人的祖先。

他们的后代散布在森林里，有人走出了森林，一直到海洋。他们的后代分成很多小的氏族和部落，但每个氏族都保留了那个神圣的习俗——把自己的头生子献给自己的庇护神，如果没有头生子，那么就把自己拥有的最珍贵的东西献出去。他们的人记得最重要的一点是：没有比用假祭品侮辱神灵更坏的事情了。

尤拉克人和其他民族的人都知道恩卡人是靠什么延续下来的。他们想用战争消灭恩卡人，但胜利总是属于恩卡人。后来，经过很多代人的更换交替，谁也不能准确地知道要不要严格地遵循勇敢的母亲和父亲留下的传统风俗，传说保留了人们对此风俗的恐惧。恐惧描绘出了让人惊奇的、不可见的花纹，虽然碰到过恩卡人的人没有看出他们外表上与森林里其他居民有什么区别。甚至有人说他们比其他的民族更有礼貌、有修养。比如亚伯托，他就在养鹿人赫诺的营地里过了几天愉快的日子。

赫诺是一个大家族的首领，这个家族本属于另外一个氏族，但老头在任何时候都坚称，他们是那一对勇敢父亲和勇敢母亲的后代。

一大群儿子和他一起居住、打猎和放牧，他们每个人都有妻子和孩子。老头的三个弟弟又是这个大家族里特别的一个分枝，他们被认为是老头子力量和智慧的源泉，他们和赫诺生活在一个营地。他的弟弟们又有自己的家和成年的儿子，儿子们又有妻子，他们也给女儿们找好了丈夫。

赫诺能一下派出四十个全副铁甲武装的战士，但他不会在不必要的情况下发动战争，他和族人和平相处，从不吝啬礼物。大家把他当作恩卡家族最伟大的父亲而都听他的话，虽然老头本人非常孱弱，甚至走路都很吃力。

但终究因为一个堂弟给这个大家族带来了不幸。他的堂弟是个愚蠢的人，在这件事以后得了一个外号叫杜夏达——没有火的意思。他以前是另外的一个名字，现在已经被人遗忘了，还被人诅咒。

这个人块头很大，但脑子却不够好使。他认为他如果不是和赫诺一样伟大，那跟他也差不了多少。一次，他带领大家去放牧，却不断地弄丢鹿子，虽然赫诺拥有庞大的财产，丢这么一点完全不会引起注意，但有一次差点把三分之一的鹿葬送狼口了。狼看来比牧人聪明，它们设好一个复杂的陷阱，先把大概一百多只鹿引开，然后用一群狼攻击剩下的鹿群时，也同时引开牧人的注意力，而另一群狼却把猎物赶到湖边的陡坡上，这样，一群鹿就从陡坡掉到河边的石头上摔死了。

牧人们就把鹿当成给狼的福利，他们没有想着伺机报复。那个人在赫诺面前极力为自己辩护，放声大哭，指责那些在危急关头不听他指挥的人，骂他们没脑子，是懦夫。赫诺默不作声地听完堂弟的控诉后对他说，任何情况下都会有意想不到的损失，何况狼比人聪明，这没有什么值得大惊小怪，呼天抢地的。但第二天，老头子吩咐所有的牧民都听从他一个女婿的指挥。

为发泄对赫诺的不满，这个人打了他妻子一顿。然后又向老头提了很多建议，如在几个地方用围栏把河道给封上，以便于捕鱼；讨伐四特人，让这些身材比狗还矮小的地下铁匠只给恩卡人打铁；把鹿子中的白鹿、黑鹿和梅花鹿分开，以免牧人们在放牧的时候被晃晕了眼。

赫诺只是听着堂弟的这些建议，但并没有放在心上，也没因为他的愚蠢而惩罚他。他实在是太看重血缘关系，从不像惩罚其他人一样惩罚自己的亲人。可老头的仁慈最终酿成了灾祸。

最终，这个人明白了，赫诺根本不需要他那智慧之光，老头子根本不把堂弟的主意当回事，也不阻止其他人嘲笑他的堂弟。他感觉不是一般的受伤，整天躺在帐篷里不和任何人说话，可突然有一天他想通了——不值得这么伤心。要知道，他还有两个成年的儿子，他们对他来说是最重要的，就像赫诺对其他人那么重要一样。他和儿子们一起去打猎，打湖上的大鸟，用网捕鱼，还大声地教儿子们已经从别的男子那里学会的那些事。儿子们默默地忍受着委屈，可父亲常常在家人面前大夸他捕获的猎物："你们看，我是怎么养活你们的，我把你们养得多好呀。"那人的妻子也气得偷偷地哭……那人没完没了地到处吹牛，终于有一天，他忍不住把平时对自己人说的那一套对着火神说了。

"你看，我把你喂得多好。"他不停地嘟哝着，一边不停地朝火塘里扔柴火。

当时火母从燃烧的火苗里看到了这一切，然后发出嘶哑的声音狠狠地说：

"蠢货，这可是我在养你呀。"

那人吓得差点扑倒在地上。可一想，神可能不会这么记仇的，但他又禁不住地和火母争辩了起来。

"不对，是我在养你。你没我你会怎样呢？"

火母一下子惊呆了，看着眼前这个蠢货，不想做任何辩护，一下子就消失了。而这个人又加了一些柴，火苗突然间就蹿得很高，一下子升到了房顶，烧了一整晚。

到了早晨，赫诺的堂弟又开始生火，但却点不燃了。他想，可能是柴有点湿，他就抱了些干的松树枝来，但还是没有点燃。那人又怪火镰不好，就去向邻居借。可他刚刚走进邻居的帐篷，那里的火就灭了。邻居开始重新生火，可也点不燃。

那人又到其他帐篷去，可无论他到哪里，那里的火就灭了。

人们害怕了，大声斥责赫诺的堂弟："看你干的好事，火神干吗这么痛恨你，只要你在旁边，它就不想燃烧？"

那人惊得只能像鱼一样地张大嘴巴说不出一句话来，看得出来，他害怕告诉大家，他昨天和火母争辩过。

人们在营地里到处追着要打他，那人吓得跑到赫诺的住所寻求庇护。

老头子正坐在帐篷前面的火堆旁。

"他带来了灾难！"大家喊。

赫诺正要问人们为什么那么生气的时候，火母从火苗里现身了，她大声地说：

"怎么样，现在明白谁在养谁了吧？从今往后，你们所有人的炉灶都不会有火了。"

说完这话，火神像一条细细的蛇一样伸向天空，最后消失得无影无踪。老头脚边的火堆也突然熄灭了，就像是被泼了水。

老头明白了发生的一切。

“这不是那些被你喂了狼群的鹿子，”老头慢吞吞地说，眼睛一直盯着这个浮夸的亲戚。“这不是那些鹿，兄弟……”

人们扑向那人，想把他撕得粉碎，可老头没让人那样做。

“如果我们把他杀了，怎么知道如何求得火母的宽恕呢？”

那人跪在地上大声说：

“杀了我吧！是我的错。”

“你闭嘴，”老头打断他，“难道像你这样愚蠢的、犯错的人的命很值钱吗？火母可是伟大的神灵，要求得她的宽恕，还必须有比命更珍贵的东西。”

赫诺还记得祖先的遗训——不要用假祭品去忽悠神灵。

谁派人去请来了萨满，告诉他发生的一切。萨满在黑屋子里跳神作法，在满世界里寻找受了委屈的火母，想知道用什么办法才能赎罪。到了早晨，萨满带着答案回来了。

“看你都做了什么，你真是个可怕的人。”萨满嘶哑地说，他这一路上已经累得筋疲力尽了。“要想火母发慈悲，得到她的宽恕，你必须把自己的儿子作为祭品献出去，用他的血去祭火。”

“哪个儿子？”那人早有准备地问，“我可是有两个的……”

“大儿子。”萨满回答，铃鼓从手上掉了下来，人也倒下去了，他实在是困得不行了。

那人的大儿子叫谢尔哈撒娃，有个外号叫白头。他已年满二十，个头不高，但很结实，性格随和，沉默寡言，这和他父亲有很多区别，他的嘴只在睡觉的时候张开。

赫诺还一直想给他找一个相称的妻子。

谢尔哈撒娃知道父亲干的好事，就一直坐在帐篷门口等着命运的宣判。

“你站起来，”人们对白头说，“如果你不跟我们走，我们就绑你走。”

听到这些话，那个一向浮夸不着调的人一下子脸朝下倒在草地上开始痛哭。谢尔哈撒娃站起来抓住父亲的手放到肩膀上，把他整个身体扶了起来，拖着他向营地中间的炉灶走去，赫诺的帐篷就矗立在那里。到了那个地方，他放下父亲，开始打他的脸，父亲号啕大哭，完全失去了往日的得意和张狂。

“你站起来，”他小声说，“你站好，不要把我的路给淹没了。”

他帮父亲站好，等着点引线的那个亲戚点出第一个青烟来，他脱下袍子，双膝跪在灶前。他父亲站在身后，脸红红的，浸泡在泪水中，从他嘴里发出了长长的、颤抖的声音——他在压着嗓子，小声地抽泣。

“噜！”从人群中发出这种愤怒的声音，那人马上收声了。

他向谢尔哈撒娃走去，靠得很近，把一只手放在他的肩上。

“原谅我，我的儿子……”

“你有刀吗？”白头问。

他父亲没有刀。赫诺就从腰间取下自己的刀递给堂弟。

那人还是止不住地紧咬牙齿哀嚎了一阵，最后才闭着眼睛向儿子砍去……

鲜血溅在了冒着烟的桦树皮上，一瞬间，饥饿的火苗睡醒了，向人们要求更多的柴火，老头向火堆抛了很多干柴，火满意地燃烧着，发出噼啪的响声，一下子就把祭品给吞噬了。人们从相互撕扯中恢复了常态，有人提议应该像送领袖一样隆重地把白头送到下面的世界里。大家已经忘了那个浮夸的人，当赫诺向大家宣布一件事的时候才想起了他。

“你忘记你以前的名字吧。从今天起你就叫杜夏达，除此之外，你不会再有其他的名字了。你走吧，去过你的日子吧。”

人们都各自回家了，夏天的太阳还高高地挂在天上。

这个失去了火的人艰难地走回自己的帐篷，一头倒在床上闭上了双眼。他等着去忘记一切，但无论如何也做不到。他想死，反复地想怎么死，想着想着睡着了，就像每个经历了一件特别沉重的事情之后的人累得睡着了。他的老婆此时不在，他也无暇去想她。他老婆是个个子很小的很活泼的女人，长着一张漂亮的面孔，就像是用白骨打磨出来的，精细而白皙。她名叫玛雅娜，别名为苦命人，她认为这名字很贴切，因为她从出生到现在就不顺利（差点死于难产），她活着，就没指望获得幸福。

玛雅娜到森林里为儿子祈祷。照风俗，其他人会帮她把儿子收拾上路的。玛雅娜没想过明天会怎样，她从不想明天的事。

可早上营地上的火都熄灭了。

人们搓火线的手都搓破皮了，急得泪水都打湿了火镰，可还是看不到一丝烟火冒出来。

谁叫来了萨满。

“快跳神作法，”大伙儿说，“问问火母，祭品有问题吗？”

萨满铃鼓没碰一下就说：

“火母想要的是杜夏达的儿子，可最终，谢尔哈撒娃不是他的儿子。我们骗了火母。”

杜夏达吓得浑身发抖。

“我都照你们说的做了，怎么会欺骗神灵呢？我可是亲手杀了自己的儿子，用血去祭奠火的呀。”

“他身上流的不是你的血，要不然神就会接受祭品了。”

“怎么不是我亲儿子呢？”杜夏达叫了起来，“我亲眼看着我妻子生的他。”

人们是那样的愤怒，根本就不相信这个没火的人。

大家找到玛雅娜，像抓贼一样地抓住了她。

“说，你和谁偷人生的你儿子？”

玛雅娜吓得哭了起来，一句话也说不出来。可这时，人们围着她却已经开始抢她的刀了。

“那是我的刀，我的！”杜夏达的老婆哭喊起来。

赫诺把她叫过来小声对她说：

“不要哭，玛雅娜。给你一条绳子，你到帐篷里去想想，到黄昏前用打的结告诉我们，除了你丈夫外，有过多少个男人你就打多少个结。然后交给我。”

玛雅娜进到帐篷里面哭了一整天，晚上出来的时候她把绳子交给了赫诺，绳子上只有一个结。

这样，骗局被拆穿了，人们冲到杜夏达的帐篷里要把他的小儿子带走，可帐篷里是空的。赫诺命令大家去森林里找，可人们空手而归。

那个小儿子叫诺霍，有个外号叫北极狐。

- 诺霍 -

他已年满十八周岁。

当白头被杀死的时候，他就跑到森林里，不想让人们看到他的耻辱和痛苦。早上回来的时候，他知道，他那个爱浮夸的父亲的厄运总算结束了。他回到自己的住处拿了武器躲到了森林里。当玛雅娜把打了一个结的绳子交给赫诺的时候他已经在密林深处走了很远了。

他知道人们会去追他，他躲在山顶的一个洞里，周围森林密布，这个藏身之地只有他和哥哥谢尔哈撒娃知道。他们小的时候来过这里，一起做不同于其他孩子们做的游戏。后来，当他们成年独自开始狩猎的时候，他们兄弟俩曾在此处躲过暴风雪和雷雨。

诺霍在那里等到第一次危险过去。他有了足够的智慧来应对，他知道，他的族人会来追捕他，就像狼追驼鹿一样，驼鹿还没有完全丧失力量的时候，是不会束手就擒的。火母的诅咒让赫诺的族人们不安，他们的炉灶和附近居民的炉灶都生不了火。当关于诅咒的传闻散布在树林里时，氏族和部落里的所有人都跟诺霍一样成了从刮刀上掉下的一块油脂，是大家哄抢的目标。

大概出于某个神的仁慈，这种不幸的事情发生在夏初，那时的太阳热得都能煮好食物，而且一点不比火逊色。可温暖的时光是短暂的，如果家族里的人找不到诺霍，不能用他的血去祭祀灶神，随着冬天的来临，他们都会被冻死的。老头子忙着想尽一切办法尽量不让受诅咒的消息传出去。诺霍知道，他会活下去的，如果一直坚持到冬天来临，那么他的族人们就会被冻死，他也就摆脱了这种担惊受怕的生活。

他睡觉的时候也保持高度警觉，眼睛半睁半闭，从不会在同一个地方待上超过半天的时间，随时变换藏身的地方，所以，一次也没有看见过全副武装的男人出现。他远离了族人，然后又折返回自己的营地，通过这样去打乱他的足迹，混淆族人的判断。在躲避追捕的过程中，狗往往是最危险的，而不是人，可他的保护神帮着把带有他气味的风吹到了别的地方，让狗也难以找到。

而森林往往也特别善待逃跑的人，它提供的猎物虽然不多，但却很可靠。诺霍打过森林里的鸟禽，在流浪的一个月中变得勇敢起来，他开始自己放牧和捕鱼。但令人吃惊的是，火母的诅咒却对他不起作用，他脚边的火总是燃得很欢快。

他就这样流浪到了秋天，就在那一天，他来到了河岸边，那里有他放的捕猎工具，在那里，他看到了一个赤身裸体的人被绑在树上，两个穿着衣服的人在旁边挥动手吼叫。

匍匐在地上，诺霍跑进了柳树林，那里能清楚地看到岸边，他从箭筒里拿出三支箭放到面前以缩短放箭的间隔时间。

北极狐连发了两支，第三支箭脱靶了，何况，也不应该射中……

当诺霍割断绳索的时候（后来他后悔把这绳子给割断了，本来留着是有用的），这个裸体的人轰的一下倒在地上，就像是被抽去了骨头一样。全身上下，从额头到脚趾都是肿的，好像在开水锅里泡过，全身密密麻麻布满发干的血块。胸部、腹部和腿部纵横交错着青紫的被皮带勒出的凹痕。但一双眼睛还能动，他们对诺霍说，这个小伙子值得一救。眼睛不会骗人，小不点儿找到了站起来的力量，像狗一样坐了起来。

就这样我和诺霍相遇了。

他给我拿来了外套、裤子和短靴，它们就在不远处的草地上。

“快穿上吧，”他说，“你能自己穿吗？”

我伸出手去拿衣服，可却不能站起来。

“第三个人走了……很快就会回来了。”我对我的救命恩人说。

“让他回来好了。”诺霍平静地说。轻而易举的胜利让他放松了警惕。

“他会把你像一只牛虻一样拍死的。他是他们的父亲，亚伯托……我穿不了衣服，你自己走吧。”

听到亚伯托的名字，诺霍愣了一下，好像努力想回忆起什么。

“兀鹫亚伯托？”他问，没等到我答复他就向岸边跑去，那里躺着鹅腿和亮闪闪。

诺霍把尸体拖到了河中间，走到齐腰深的水里放下他们的尸体，任由河水冲走。然后，他让我躺下并帮我穿好了裤子和短靴，而外套由我自己穿，他去搜集大个子儿子留下的武器。

“你为什么把亚伯托叫作兀鹫呢？”我问。

“大家都这么叫。”他想都没想就回答我，也没有停下手中的活儿。

他把两把弓和一个箭筒挂在我背上，然后背起我就往森林里跑。诺霍的力气之大，远不止大我几岁，而我和他相比个头之小，也不止差几岁的距离，所以他可以背着我飞快地奔跑。

诺霍带了一个不曾料到的猎物回到山洞。

没有任何想法，也没有任何药物，他用冷火灰擦拭我全身，他就像一块石头一样坚定地做着这一切，一切照他的想法实现了——我开始浑身发热，烧得我的仇恨都退去了。

这样连续过了几天。诺霍每天带回猎物，我们晚上一起吃饭，相互讲述自己的身世。

“你为什么要救我？”

“我一个人很闷，现在我们是两个人了。”

“三个。”

“你看见第三个了？”

“就是拉尔，我的哥哥，我们是孪生兄弟。我需要去救他，他现在还在你们族长那里当奴隶。”

“拉尔。”诺霍说。

他不说话了，好像在回想什么。

“和亚伯托一起来的那个瘦高个的小伙子？”

“对。”

“他不是奴隶。”

我颤栗了一下。

“亚伯托说他把拉尔卖了，换回了一把亮铁刀和一把角质的弓箭……”

“赫诺不收奴隶的。”

“就是说，亚伯托向我说谎了。可为什么呢？”

“那他又为什么把你绑在树上呢？想让你失去力量？弓和刀都是赫诺送给他的礼物。老头总是送给客人礼物，尤其是他喜欢的客人。”

他的话就像是一阵温暖的风，吹得我心里非常舒服。

“拉尔还活着吗？我听你们的一个人说，拉尔生活得丰衣足食，有肥肉吃，老头还给他娶妻。这是真的吗？你别不说话呀，如果我找不到拉尔，那我就只剩下半个灵魂了。”

诺霍站起身走到洞子的另一角，那里有一堆干柴，还是白头活着的时候储备的。

他把柴放到火旁，折断树枝，开始往里面添柴。他默默地做着这一切。

“是真的。”最后他说，“想见他吗？”

“他就在旁边吗？”

“很近。如果你有力气走，那我们就去。”

“晚上吗？”

“对我们来说，晚上是最好的时候。”

诺霍跑在前面，在漆黑的秋夜里毫无差错地选择每一条路，而我勉强跟在后面。我已气喘吁吁了，可北极狐不时地走到后面照顾我，他是那么平静，甚至很高兴的样子，追赶着我，就像是追一个敌人，由于不停地奔跑，我感觉力不从心，有一些头昏眼花。

我们跑到了一片白桦林里。

“我们到了。”诺霍说。

他把武器放到地下，从腰间取下一个装有火镰的鹿皮口袋。

“我还以为你带我去营地呢，我们这是在哪里？”

他没回答我。他从箭筒里拿出一个像棍子一样的东西——那是用煮熟的桦树皮卷成的一个火把。他把火把放到我手里开始用火镰打火，用树脂浸泡过的桦树皮燃烧了起来，很快，我看到了一些大块的木头。

这是赫诺家族的墓地。木头摆动着，被我们头上的风吹得吱嘎地响。那时的风俗要求把所有的人葬在树上，就像现在葬萨满一样，是为了停留在身体里的灵魂不会碰到土，在神灵决定死者命运之前不会下地狱。如果不这样做，那么死去的灵魂就会变成厉鬼，对那些不尊敬他的人施以报复。

“这些，”诺霍用火把照亮中间的木头，“一早就挂在这里了，很老的人。这个是老头的妻子。那里还躺着另一个妻子。生在这里，死在这里。这些都是很久以前葬的了。你跟我来。”

我们走到林子边上。诺霍从我手中拿过火把，在草地上找着什么东西，最终他拿起一把梯子，那梯子是用两个未经加工的原木绑在一起做成的。诺霍把梯子靠近一个木头放好，那木头上绑了一副棺材，他把火把递给我。

“你上去看吧。”

我慢慢地爬了上去，很害怕摔下来。含大量树脂的桦树皮呲呲地响着，把周围照得越来越亮，白色的光残忍地把一切照亮在我面前——夏天穿的旧皮衣，磨破的靴子，长长的灰色的头发和灰色的面具，我认识面具里的那张自己的脸。

这就是拉尔。在白桦树之间躺着，他是不久前才被送来的，那时的天气在晚上都很暖和，人们正准备脱掉冬衣。树上的昆虫，野兽都没有碰过拉尔。太阳晒干了他的脸，在他脸上只留下了最后的一丝痛苦，紧闭的双唇，额头上的疤痕，还有那双死后睁开的双眼。

拉尔躺在那里就像一个睡不着觉的人。

痛苦向我慢慢地袭来，只有一种奇怪的感觉。走下梯子后，我仿佛双脚踩在了另外一片土地上。

“老头真的给他张罗了一桩婚事，”诺霍说，“给他找的未婚妻不是他的女儿，他没有女儿，那是他大侄子的女儿。他有很多侄儿……那新娘的兄弟们说：‘听说，你是个打架的高手，我们来比试比试吧。’于是他就心甘情愿地去了。他是个不服输的人，虽然有点弱。那是三个人和一个人比试。他们把他扔到了地上，他就这样死了。听说，他们不想杀他，只是意外就这样发生了。都说，你那柔弱的哥哥去挑衅他们，就这样死了。现在他正吃着天上的肥肉，在那里也会给他找一个媳妇的。”

我一屁股坐到了草地上不断地重复着：

“在天上？”

“你哥哥的棺木很轻，”诺霍说，“就像羽毛一样轻。也就是说，他的罪孽很少。人们都这样说。恶人的棺木就很重，六个人都抬不动，没有树木能够托得起。一个人做了太多的恶事，那么他的罪孽就深重。杀死自己的亲人，或者与火神拌嘴，又或是不再追赶被打伤的野兽，让他们在森林里慢慢死去。神灵们很不待见这种人，更不会为他们服务。这种人的神会把他往地下拉，所以他们的棺木就很沉。而你哥哥还没有犯下什么罪孽，所以你就没有太大的仇去报。”

我第一次听到了“复仇”这个词，但那时我还完全没有准备好，所以就一听而过。

- 哭泣 -

躺在洞里，我的内心不停地挣扎，我为这些事情而痛苦，可我却从不会把自己此刻的感受说出来。

“装有我哥哥尸体的棺木像一支箭一样飞向漆黑的夜空，被杀死的我的哥哥就如被抛向夜空的星星，可他还没有飞到就已经坠落在了树枝上，落在了自己的棺材里……我的心开始抱怨起来。我诅咒尤拉克人，我诅咒所有的人，对他们不会有善良、慈悲和宽恕，只有仇恨，仇恨。”

森林很大，里面住着很多人，无数帐篷的炊烟袅袅地升上天空，营地很大，所有的路都被人走遍了，游牧人过着自己的生活。为了人们能有食物下锅，鸟儿等着射来的箭，鱼儿等着撒下的网。野兽在树木之间找寻着自己的命运，善良的神帮助人们延续自己的部族，可我的哥哥拉尔至今还没有找到营地安身，没有帐篷栖息，没有成家立业，没有温柔的妻子，他永远地沉默了……

他的力量在哪里？他的勇敢有何用？当偌大的森林里没有他安身之处的时候，他那颗年轻的心，那双健步如飞的腿，能看到远方星空的眼睛，强壮的臂膀和灵敏的鼻子又有何用？等待我那被杀害的哥哥拉尔的不是帐篷，不是炉灶，不是鹿群，不是装有索具的雪橇，不是善良的妻子，而是丑恶，是辱骂和牺牲。他曾被藏在森林里的青苔下而存活了下来，他被带到这人世间，他不知道自己的部族，没见过自己的血亲，他就这样走了，最后栖息在别人的树枝上。

“剩下我一个人了，整个森林里就我一人了，整个世界，整个人类就只剩我一人了，没有属于我的帐篷，没有家园，没有部族。就让战争把我的胳膊练得更强壮，就让复仇让我更强大；让我的抱怨从我口中说出，就像是从熄灭的灶膛里冒出的最后一缕青烟飞向烟囱一样；让一群群的松鸡轻快地飞出，就像从我嘴里说出的一个个敌人的名字，是他们夺走了拉尔的性命，夺走了我的哥哥；就像熄灭灶膛的火一样，消灭掉那些让我找不到自己部族和血缘归属的人；就让战争在我记忆中的帐篷里更激烈，让复仇的心慢慢滋生。”

我没有哭。当我说那些话的时候，我没有流一滴眼泪，就好像感觉不到痛苦，更没有欢乐和笑声。我的灵魂成了一座被人们抛弃已久的空屋，没有任何生命的气息。我摇摇晃晃，就像是个失去了理智的人，闭着眼睛平静地说着这一切。然后，就沉默不语了。

过了很久，诺霍才打破了寂静。

“你想复仇吗？”

我沉默了一会儿，感觉理智又回到了我身上。

“你怎么复仇？”北极狐继续说，一直看着我的眼睛。“赫诺一家，大得就像是一个部族。有近四十个青年男子，你刀还没来得及举起的时候他们就把你给杀了。”

“只要不是一个人去那天国就好。”

“你问过我为什么救你……”

“你已经回答了。”

“没有，那不是答案。听着，我要给你讲的话……”

猎人去森林里打猎，走时，向家人保证过七天就回来。他们对他说：“去吧，一定要回来。”家人就开始等。可过了七天，十天，猎人还是没回来。这样过了一个月，又一个月……已经开始下雪了,可还是没有他的身影。他的亲人就请萨满帮他们找，可萨满无论是死人，还是活人都没有找到。“他不可能掉进了洞里，一直沉到了地底下去了吧……抑或是森林带走了他，被野兽吃掉了。他一定是掉进了地狱，没有被赦罪，也没有葬礼，他正在那里过着苦日子，这就是他的宿命。别等他了。”

人们哭了起来，也把他给忘了。可猎人却活着。他成了俘虏，被抓去做了外族的奴隶，后来他逃了出来，回了家。但大家看见他的时候，女人们尖叫着躲进帐篷里，孩子们向他扔石头，而男人们对他说：“你是鬼吗？为什么回到活人的世界来呢？你快走吧。”猎人向他们喊：“你们怎么了，我是你们的亲人呀！”“我们的亲人答应七天后回来，可他没有回来。森林已经把他给带走了。你无非是长着他的脸的鬼。”那人走向他的亲人说：“我还活着，过来摸我的手，我的脸，是热的。”可男人们不想听，举起箭就射向他……他躲开了箭头，又回到了森林里。现在凡是碰到那个猎人的人都想把他杀了，因为这样可以得到大家的赞赏还能避免亲人被狡猾的鬼魂骗。他说他的手是温暖的是为了引诱另一个人去咬他的脖子……猎人离开了，过着流浪的生活。他确实有温暖的手，就像其他人一样。他想吃，他也会受冻，会感到疼，但他已经不是人了。他活着，可又死了。他存在世上，可又不存在。他的名字已被遗忘、抛弃，就像从刮刀上掉下的油脂。就像不存在没有毛的野兽，也不存在没有名字和部族归属的人。对于自己的人而言，他已经死了，对于外族的人来说，他是奴隶。他到底是谁？他该去哪里？谁会接受他呢？

“不知道，”我说，“你为什么给我讲这些？”

“因为我家就是这样的。我很小的时候就听他们讲了这个故事，但我牢牢地记住了。现在我觉得我就是这个猎人，而你也是。所以你听我说，猎人应该找寻一个和他际遇一样的人。我找到了你。不要再去找自己的族人了，现在我就是你的族人，而你也是我的族人。你哥哥已经死了，我现在就是你的哥哥。

我们将会一起活下去，一起去偷袭，去抓女人，抓鹿，抓狗，我们不需要任何的氏族和部落，因为我们自己就可以成为一个部落。你听到了吗？我的兄弟，你要相信，一切会按我们想的去实现的。只要我们能坚持到隆冬，那时候的酷寒会杀死赫诺的人。”

我直视着我救命恩人的眼睛，不急于回答。

“你是对的，我的兄弟。可拉尔也是我的兄弟，他们杀了他。我怎么能不为他复仇呢？难道他很满意他现在的归宿吗？”

“你不该放弃复仇，”诺霍平静地回答，“只是不要一个人扛着。你曾经做过奴隶，可大概你还没遇到过更糟的情况吧。当冬天鸟儿冻得都扇不动翅膀掉下来的时候，可却没有火取暖煮食，这样怎么活呢？难道我们不需要盟友？你等等……”

北极狐起身从箭筒里拔出一支箭开始在石头上磨铁箭头。当他确认已经磨好后，就用手掌抹了一下箭头，一滴滴的血滴到了火上，冒出一些火星来。

“你也这样做，”他说着把箭递给了我。

结果我俩的手掌都鲜血淋漓。

“给我你的手……”

我俩的手紧紧握住一起，血从伤口流出来混在了一起，慢慢凝结，最后把两个手掌黏合在了一起，就像是用鱼胶粘弓箭一样。

诺霍笑了。

“从今往后，你的仇恨就是我的仇恨。只是你听我说，我是你的兄长，我知道怎样……”

我们拥抱在一起，我说：

“拉尔也是我的哥哥，虽然我们在同一天出生，但他个头比我大。你的个头也比我大……我想问你……”

“问吧。”

“两个人还不算是一个强大的军队。”

看到我终于神志清醒，开始思考问题的时候，诺霍高兴得喜笑颜开。

“你不相信我们会战胜他们吗？”

“我不知道怎么做。如果你知道，你就讲。你自己说的，赫诺有四十个士兵。”

诺霍一把推开我。

“你看见火了吗？”他低声说，“你好好看，它烧得有多明亮。记住，不是我该死。是他们！我那没长脑子的父亲，淫荡的母亲，赫诺和他的儿子、兄弟们，以及那些婆娘媳妇们，他们才该死。萨满不是蠢蛋，就是骗子，或是叛徒。他一口咬定火母要的就是我的血，他们现在正四处找我，就像是抓捕一个偷了最漂亮、最富有的新娘的贼一样，可他们找不到……他们始终不明白，所有的人，从老头到刚出生的婴儿都该死，我的血是救不了他们的，就像是白头的血也没能救他们一样。是火母想要这样，至于为什么，这不关我的事。”

“我要是你的话，我就每天到营地附近去，躲在一个地方看他们冷得相互责骂，然后个个被冻得像一条蜷曲的虫一样，最后彻底地冻得像块不能动弹的木头。我会看着这一切，两颗心会非常开心——我自己的和我哥哥的心。他是那么蔑视他们，他为他们献出了生命，就像根被啃剩下的骨头被抛给了一个毫无用处的亲戚。赫诺他就是一头残忍的狼獾，他把时间无谓地耗在无用的琐事上，任意受命运的摆布，就像我哥哥一样，毫无反抗地接受了命运的安排。如果你还有所怀疑，那么你来告诉我，谁能帮助一个被诅咒的人？谁来救他？他只能自己救自己。”

我开始集中思想去慢慢讲述我的经历。

“我一直生活在亚伯托家里，我也一直以为我出生在他的营地……乌玛——我和拉尔的母亲。娜拉是我妹妹，亚伯通卡和亚维列是我的兄弟。最开始我被看作他们家的儿子，后来是奴隶。当他们带走拉尔的时候我就想逃，我做好了箭，用骨头做的箭头。这样过了很久很久。我就想，大概我会一直这样过下去，每天干着女人的活计一直到死……那是在某一天的某一瞬间，我想到了逃跑，从开始行动到最后逃出，我成功地做到了，甚至当时一点也不觉得害怕……我听说在每个人的背后都藏着一个保护神，他是与生俱来的。他从地上的那个坑里爬出来，那是母亲掩埋我们脐带的地方……我个头小，生性又懦弱，我深信，一个长得矮小，胆子又小的人是不可能带着武器逃跑的。就是他！我的神，他让所有的人和狗都熟睡，给了我坚定出逃的信念，给了我小船，还安排了安静的夜晚……”

我停了一下喘口气，又继续说：

“后来，我的神又把我交还给了亚伯托，让我去喂蚊子。然后,你出现了……你说,这都是他的安排吗？如果真是这样的，那么下一次他又会把我带到哪里去呢？如果你知道，你告诉我，他到底想要从我这儿得到什么？”

诺霍出人意料地大笑了起来。

“从你这儿，什么也不想要。”

他又收住笑补充说：

“也许他想看看，你自己能为自己做什么。”

- 足印 -

秋天走了，冬天来了。河两岸被冷风吹得光秃秃一片，像被刻意打扫过一样，河里开始结起透明的冰。赫诺明白，他家族每个人的命就像是从一个破篮子里流出的水，一天天地在消退。

这个大家族的炉灶已经沉睡很久了，但人们不敢去碰火石，害怕触怒火母。他们仍然希望会成功地解除这个魔咒。他们储存了很多干鱼，人们生吃鹿肉和鹿肝，可没有煮熟的事物让人们经常闹肚子，妈妈们也没了奶水，男人们也浑身无力。

绝望中，赫诺想着法子去拯救大家。

人们就像了解自己的手掌心一样了解这片土地，他们认为找不到诺霍是因为那诅咒。为了让生气的神知道他们是诚心诚意地忏悔，他们把引起灾难的两个罪人——杜夏达和玛雅娜作为祭品献了出去。下第一场雪的时候，他俩被大家带到了族里的寺庙，钉在松树干上。树干很粗，足够让一个强壮的人在漫长的痛苦中慢慢死去。

夫妻俩开始没命地喊，后来已经无力发声了，脸上就像死人一样。

老头因为某件不紧要的事情派了几个年轻人去寺庙，让他们多次看看愚蠢的丈夫和不忠的妻子的下场。

这次祭祀以后，谁也没有勇气去知道，火母的怒气消了一点没。

赫诺禁止大家碰火镰，他有另外的打算。

逐渐临近的冬天带来了毁灭，但它到来的时间是可以推算的，这给他带来了希望。他认为，到目前为止不会有更大的危险了。火母的诅咒就像瘟疫，当林子里的两个人偶然遇见都会给很多人带来灾难。赫诺家族的每个人只要一挨近别的任何人的炉灶，那么那里的火就永久熄灭。老头向所有的神灵祈祷，他们被诅咒的消息不要传出去。但理智让老头明白只有那有数不尽帐篷的恩卡人才能拯救他的家族免于这次灾难。

晚上，老头坐在他那铺了很多兽皮的帐篷里苦思冥想怎么解决目前的困境。他努力搜索他记忆中的那些人们所了解的知识，力求从很多解决办法中找出最好的一种，一定要慎之又慎，因为考虑周全可以拯救族人，但若走错一步就会让大家陷入更大的灾难中。

早上他得知家里出了叛徒。不知是谁偷偷地溜进寺庙用标枪刺穿了还有一口气的玛雅娜和杜夏达的心脏。

“凶恶的笨蛋好过善良的蠢人，虽然他知道这样做会有什么下场。”当他听到这个消息的时候说。

换作以前，赫诺一定会找到那个干类似大胆事情的人，但这次他放弃了。他从那人的背叛中看出，已经没有时间思考了，因为没有希望会让火母息怒。

赫诺不再让自己犹豫不决了，他叫来最勇敢的几个男人——他的儿子和兄弟，对他们说：

“杜夏达的儿子是个聪明的小伙子。所以我们至今都不能抓到他。我不认为他已经死了，或被野兽吃了，掉进陷阱里了，还是遇到更强大的敌人了。他够聪明，够灵活，他不会是这种结局。如果必须把森林翻个遍才能找到他，那么我们就这么做。只是我们自己没有这个能力翻遍整个森林……我们的氏族亲戚们必须帮我们。今天，你们每个人带上最好的鹿，最好的礼物去找各个族的族长，请他们提供援助。现在，你们听好，怎么和他们谈。你们就说，各类神灵——森林之神、水神和管牲口的神，甚至我们恩卡人自己的神，无论我们有多尊敬他们，但灾难还是降临了。我们家族生出了一个最蠢的人，他竟然和火母发生了争执而引来了诅咒。因为他，我们营地的所有的火都熄灭了，而他为了逃避惩罚逃到了森林里。他是这次灾难的罪魁祸首。哪怕是翻遍所有家族的森林也要把他找到，就比如用梳子梳一头浓密的头发，可以梳出藏在里面的虱子。你们就这样说。你看，你们完全不用说谎，不用在他们面前拼机智和狡猾。但我恳求你们，无论发生什么，都不要接近别人家的炉灶。”

“到哪里去找那些族长呢？在森林里被推倒的树上吗？”老头的一个兄弟问。

“这就需要一点机智了。你们可以在营地附近随便找一个男子，通过他去叫族长。你们还可以大声地放箭，自然有人向你们跑过来。你们就说你们是赫诺家的人，我的名字可以救你们的。重要的是，你们要说，你们带来的消息很重要，必须向族长本人说。然后拿出礼物来，这样会更顺利些。如果他们坚持要宴请你们，你们就说，为表示我们真心的忏悔，在没找到对神不敬的诺霍之前，赫诺家族的每个人，无论是本人，还是刚会走路的小孩都禁止吃煮过的事物，禁止在炉前烤火。”

说完这些，老头等着家族里最优秀的男人们说点什么。但他们没说话。最终，老头的一个小弟弟，名叫里季扬克，外号叫海狸皮地说：

“虽然我也有一定的年龄了，但我还是很惊奇于你的智慧。”

“你想说什么？”老头说。

“一个在森林里东躲西藏，把火给弄熄的人，对于人口众多的恩卡人来说就是和小野兽、花鼠、蚂蚁、蠕虫一样。你确信我们的那些好亲戚们会拿起武器，就像翻被子一样地翻遍整个森林来帮助你吗？”

“如果你有更好的主意你就说出来，别拐弯抹角。”

老头干燥的嘴唇上浮现了一丝微笑，他一眨眼的工夫突然抓住了他那兄弟稀疏的胡须。

“当你出发去我派你去的地方，说我吩咐你说的话的时候，要多想想，你会怎么死去。多想象一下，我们的妻儿就快被冻成木头，身上被盖了一层霜的情景。那时候，你背后的神灵就会提醒你需要说的话，会增长你的智慧。”

赫诺松开手指，里季扬克像被放开的一根树枝一样伸直了腰。最优秀的男人们继续沉默。

“所有的人都想想。寒冷来临前，我们剩的时间已经不多了。”

老头站了起来，其他人也跟着站起来。他们走向牲口棚。赫诺给每个使者配备了一个鹿队的规模，还带有各种礼物，他交代了每个族长的名字，以及他们要找的营地坐落的河流和湖泊的名字。

三四天后，使者们陆陆续续地回来了。他们带回的是空雪橇，也就是说所有的礼物都送出去了。他们几乎传达着一个相同的信息，亲戚间的义务使恩卡人必须帮助困苦中的，尤其像赫诺这样德高望重的人。他们即使找遍整个森林，也要找出那个侮辱火母的坏蛋。

“他们同时还请转达赫诺，让他不要过分的忏悔，以此让自己和家人难受，”最后一个回来的信使说，“所有人都知道你对神灵的虔诚，所以该吃吃，该喝喝，不要折磨自己。”

老头听完他的话，没说一句话，跛着脚回到了自己的帐篷里。没有人敢进去打搅他。赫诺坐在兽皮上，看着灶台上因为潮湿而闪闪发光的石头想，灾难让一个老人的智慧变得跟孩子的一样。从最后一个使者的话里他听出了他要为自己匆匆拿定主意付出的真正代价。里季扬克是对的，现在他的那些远方的亲戚会随时留几个男人看管炉灶，以免放外人，尤其是长头发、绿眼睛的小伙子进去，那是被火母诅咒过的，最终会被冻死的人。他们还会相互说，没有谁比得上赫诺老头对神的虔诚。

赫诺听着外面的人惶恐的声音，他们在等着他的答复。老头明白，如果他还爱惜他的病腿继续待在帐篷里哪怕一小会儿，他会犯下比他已经犯的更坏的错误。他所明白的，大家也看清楚了。当死亡还未降临的时候，不应该让人们失去被救的信心。信心是唯一的盟友，它可以用强大的内心替代那些见死不救的亲戚。

赫诺站起身，走出帐篷。几十张面孔——老的，年轻的和孩子们的，正仔细地审视着他。

“我们该怎么办，父亲？”一个声音传出来。

父亲说：“正如你们所知道的，我派了我们的人去向我们最受人尊敬的大家族求助。他们异口同声地答应愿意救我们出困境。他们已经装备好了士兵，士兵们已经分散在树林里，他们会翻遍整个森林找出我们需要的人，就像拿起一件皮衣抖掉上面的灰尘，打出藏在毛皮里瑟瑟发抖的小生物一样。这个人不应该为我们受到的伤害而高兴。留给他的日子，就像是一场惨烈战争后箭筒里的箭一样不多了。也许，就在我和你们说话的时候，他已经被绑在了雪橇上，整个身子蜷曲着，就像是一只被砍下头的幼蛇。如果这一切还没实现的话，那么也是早晚的事。同样，我们的亲戚们还吩咐转告大家，我们自己不能空手坐等。上天已经派给我们救星，下了第一场雪，积雪不深，很绵软，会给我们揭示每头野兽，每个人的足印。他现在只剩下一条路了，那就是躲进狐狸洞里，忍饥挨饿，因为雪上的足印会暴露他的行踪，当所有的人都起来对抗他的时候，他就无路可退了。听着，孩子们，集聚你们的力量，拿上你们的武器，去抓他吧。呼吸着空气，看着脚下的土地，他们正向我们开启一条救赎之路。去吧……”

老头不说话了，欣赏地听着人群中的一片虔诚的静默。开始响起了第一声吼叫，接着所有的人都跟着吼了起来。整个部落淹没在一片叫声中，就像是伟大的事业刚刚开始了。

男人们回到自家的帐篷，拿上武器回到了营地的中央。

一个身材高大，不苟言笑的人带领他们。这人长着一张粗糙的像被削过的树一样的脸，他是弘卡里，外号叫前爪，是赫诺的一个大侄子。在老头自己腿脚不方便，兄弟们老了，失去力气以后，就经常把一些打仗和大型狩猎的事务交给他去办。

他们走上一条大道，人们转场的时候就通常走这条路。他们走了半天，快到拟鲤湖的时候，前爪把队伍按 3 个人一队进行了分编。每一队走不同的方向，领路人会选择野兽和鱼较多的路走，那样较容易打到猎物。

“我们过一晚就到这里汇合，”他说，“如果有谁没有出现，我会认为他们找到蛛丝马迹了或者牺牲了，我就会沿着他们走的路找过去。”

“没有帐篷和兽皮，我们会冻僵的。”扬铎一赛鹿，最年轻的一个男子说。

“把你的狗当作你老婆，抱着它睡，你就不会冷了。”

领队的话引起一阵哄堂大笑，但赛鹿不理睬他。

“如果都回来了呢？”

“那说明我们没有找对路，应该走另外的路。趁现在还没走太远的时候都给我闭上嘴，不要再张开。”

弘卡里最后的一句玩笑这样说出来，没有谁还敢笑。

天空明朗，地上薄薄地铺了一层雪。人们相信，这几天，神灵会在身后保佑他们。诺霍离开的时候，只穿了一件薄皮衣，毫无疑问，他一定比敌人还怕冷。这一想法使大家力量陡增。

赛鹿和貌似他的两个兄弟走在一起，成功向他们微笑了。一个成年男子的脚印从山顶的石头上一直延伸到有潺潺流水声的谷底。这三个人：黑头发的赛鹿，长着一双水汪汪大眼睛的梅德瓦诺——鹿肝，赫堂兹——长腿蜘蛛（因为擅长爬树而得了这个名字），他们彼此对看了一眼。

“是他。”赛鹿小声地说。

北极狐是他们儿时的玩伴，他们每个人都认识他。

“就是他，”鹿肝肯定地说，“他的脚比我的足足长一个指头……”

“可怜的小伙伴。”赫堂兹说，鼻子里发出嘶嘶的声音，然后打了个喷嚏，“是呀，看来，这就是他的命。马乌特！卢卡维奇卡！”

长腿蜘蛛有两条狗，一条胸前一片雪白的公狗马乌特；一条长着狐狸的尖脸，全身布满浅棕色斑点的小母狗卢卡维奇卡，它是赫诺营地里最聪明的狗。它们应声跑向主人。

卢卡维奇卡仔细地嗅了嗅足印，看着长腿蜘蛛。

主人搂着狗的脖子，满眼含笑地看着兄弟们，对着狗耳朵轻声说：

“去……找他去。而你……”他抓住马乌特的后颈走过来。

卢卡维奇卡小声地叫了一声就朝坡下跑去，公狗也跟着它狂跑，而那些人就跟在它们后面。

他们飞快地跑着，仿佛每个人都看到了逐渐接近的诺霍的巢穴。可发生了意想不到的事。他们看见两只狗在不远处停了下来。

“足印已经伸到水里去了。”长腿蜘蛛喘着气说。

但足印并没有消失，而是沿着河岸一直往前，只是在那里，在卢卡维奇卡安静地坐着，傻乎乎的大狗马乌特在不停跑动的地方，他们发现了另一条线索——从山上有另外一串脚印也一直延伸到岸边，和先前的脚印在此汇合。这个脚印比诺霍的小了差不多一倍。看着这个新的发现，兄弟们呆住了。

“是，他还活……着，”赛鹿拖长声音说，“一定是给自己找了个婆娘。是不是？”

“一定是。”鹿肝肯定地说，“而我们为了找他，腿都快跑断了……”

说完这些他们大笑了起来。马乌特觉得这次的追击比狩猎有意思，就兴奋地汪汪地叫了起来，可脸上马上被刀柄打了一下。

“别叫，笨狗。”长腿蜘蛛压低嗓子骂了一声，这时他把狗打了一下。“你们认为诺霍像他父亲一样没长脑子？等一下……”

等什么，他没有解释，但从这个地方开始，三个人已经放慢了脚步，他们环顾四周，发现脚印在一颗倒下的树边，也就是一片柳树林里消失了。这个地方更方便追赶，河谷变得越来越宽，在一片开阔的地方长着少见的小树，可以说眼前已经没有什么能逃过赫诺的人的眼睛了。很快，他们抱的希望更大了，因为他们在一块圆石边发现了血迹和几根黑色带翠绿条纹的羽毛。

“黑琴鸡，”长腿蜘蛛说，“他顺路打的一只。大概，他就在不远的地方。如果我们走快点，就能追上他了。”

“对，应该快点。”鹿肝附和着说。

可谁也没有动。赛鹿从赫堂兹手里拿过一片羽毛仔细地看，希望从里面找到没有被人发现的东西。

“很想知道，”他最终说，“如果我们抓回了诺霍，老头子会怎么奖励我们？”

“对，我也想知道，”鹿肝一下子来劲了，“那么也就是说，是我们拯救了我们的家族。”

“奖给你，”长腿蜘蛛嘴角露出点微笑，“他会把自己的婆娘给你。如果你想，我去求他。”

“要真的这样，那就太好了。”

鹿肝说得这样轻松，一下子把赛鹿和长腿蜘蛛逗笑了。可鹿肝一点不在意，他可是当真的。

“要是能得到他的女人当然好，”他说，继续谈着这个话题。“我没有老婆，雅芙莲娜为这事愁得不得了。”

“你的雅芙莲娜自己没有嫁出去，就成寡妇了。让她替自己操操心吧。”

“对呀。”

雅芙莲娜，也叫光的姑娘，是鹿肝同父异母的妹妹。她和长腿蜘蛛、赛鹿是同一个母亲所生。她的未婚夫还没有攒够足够的赎金就死了。她的未婚夫就是拉尔。

“你想要什么样的奖赏？”赛鹿问。

但长腿蜘蛛像是没听见一样，没有回答。

“走……”

他带头站起来就跑，其他人也跟着他跑。可没跑多久，从远处的雪地里飞跑出了卢卡维奇卡，它不要命地跑向家。

长腿蜘蛛这条棕色的狗很懂人类的语言，按线索追赶猎物从未弄错过，每次找到猎物都会等着主人去射杀。但同时它也能清楚地判断危险，当碰到主人不能制服的猎物时，会提醒主人退让。

这时，卢卡维奇卡抓住他的脚，不让他走。

“马乌特在哪里？”蜘蛛压低声音问，“为什么不见它？”

那条公狗没有回来，大家都明白了，它不会回来了。

“他们杀了马乌特。”赛鹿说。

“是他杀了我们的狗，”长腿蜘蛛说，“他就在附近。马乌特一定攻击了他……我们快赶过去，把弓箭备好。”

三个人飞快地跑了起来，他们跑到了一块狭长的黑色林带里。赛鹿跑在前面，突然他喊了起来：

“站住！快看！”

他指着远处，在他的右前方，在一片白色的世界里出现了一些暗色的斑点。斑点越来越多，呈一条曲线往前延伸，慢慢地向他们靠近。

“这不是诺霍，”赫堂兹说，“这是狼群。马乌特是不怕狼的，可它已被狼杀死了。”

赛鹿接着说：“我们三个人有足够的箭击溃狼群。”长腿蜘蛛默认了哥哥的话，举起了武器。

“看那里！那里！”

这是鹿肝在叫，他站在哥哥的背后，指着河谷的另一个方向，那里也出现了斑点，而且也越来越多。

- 狼群 -

狼群慢慢地向他们靠拢，在箭刚刚能射到的距离之外停了下来，好像他们能清楚地知道箭的射程范围。赫堂兹数了数狼的数量，算出每个人得杀四匹狼。狼群站在那里没有动。

“它们在等什么？”鹿肝问。声音有点颤抖。

“等着你跑。”长腿蜘蛛凶巴巴地回答。

短暂的沉默后他继续说：

“我们主动点吧。我去右边，赛鹿去左边，你，鹿肝，和他一起，和他保持几步的距离，不要让狼群从侧边袭击。开始行动……”

他们弯腰匍匐前行，像是在打一场真正的战役，他们跑到各自的位置上。长腿蜘蛛第一个停下来跪着放了第一箭，其他两兄弟接着也开始射了起来。三兄弟都是射箭的好手，常常在盛大的节日里表演他们的箭术，可现在却失手了。狼群完全不需要费太多的力气去躲箭，它们只需要看着箭射来的方向稍稍移动一下就行了。

看起来，狼群有统一的战胜敌人的部署。

长腿蜘蛛第一个看清了这一点，他看见了狼群中显眼的狼王，那是一匹雄壮的狼，鬃毛高耸，体侧有棕色的斑点。它不慌不忙地跑到右边，停下来大声嗥叫。狼王的呼叫声刚停，不远处就出现了新的斑点，原来他们看到的只是一部分狼群，当狼群的阵线越来越密，对三兄弟形成了一个包围圈的时候，它们开始了袭击。

当长腿蜘蛛发现他判断错误的时候，他的心都凉了半截。他狂射了一半以上的箭，大概其他两个也是。狼群等到敌人不能保持距离的时候，就开始收缩战线，拉网捕人了。而这时，哪怕他们三个背靠背，肩并肩地站在一起也不可能用手上的刀顶住狼群的攻击。

长腿蜘蛛跳了起来，看了看四周。包围圈正从赛鹿和鹿肝的方向压过来。就像是嘲笑他们一样，狼群不时停下来去闻插在地上的黑羽箭——地上有很多箭，就像是岸边的柳树林。

“嗨，够了！”蜘蛛叫起来，“不要射了，快跟我跑。”

他向他们分散出发开始战役的地方跑去。还好，那两兄弟没有赫堂兹一样快速反应的智慧，没看清形势的可怕，所以在强大聪明的狼群面前才没有被吓瘫。

“你有射到一只狼吗？”赛鹿喘着气问。

“没有……”

“我射到了两只，它们逃到森林里去了。”

“别说谎。”鹿肝嘀咕着。

“我没说谎！”

蜘蛛双手抓住两兄弟的头相互撞击。

“笨蛋，听我说。狼群到这里的时候，”他指着他们刚刚跑过的小路，“那我们就完了，我们是打不走它们的，甚至把我们剩的箭射完也不行。”

两兄弟的脸一下拉长了。

“怎么办，赫堂兹？”赛鹿小声问。

“我们从哪里来，就跑回哪里，回拟锦湖。”

“这些脚印线索怎么办？”鹿肝问。他的声音颤抖，像要哭了。“可他在那里的……诺霍。”

“如果我们回到湖边，那么所有人都会跟过来的。”弘卡里这样说，“而且他还不会逃掉。想清楚点，你那讨厌的鼻子……现在祈祷你的腿能跑快点吧。”

他们拿着备好箭的弓，放弃了攻占河谷。长腿蜘蛛跑在后面，常回头观看是否有狼群。

狼群还是从右、从左、从后面保持了一个包围的阵势。

“它们正围过来！”鹿肝大叫一声。顿时浑身紧张起来。

“它们不会围过来的，稳住，我们很快就突围了。”

长腿蜘蛛知道他在说什么，河谷在逐渐收窄，到峡谷口就只能过一个人了，布好阵的狼群在那里很难发动进攻。长腿蜘蛛已经惊叹于狼群那神奇的集体智慧，他明白，如果狼群想发动攻击，轻松获取猎物，那么它们在到峡谷口之前就应该开始行动。

但狼群慢慢地跑，没有表现出袭击的意思。

“让我来。”

赛鹿站到了长腿蜘蛛的位置上，背朝前地开始退着跑，这是他的独门技巧。

到峡谷口的时候，已经没有几匹狼跟上来了。

“它们走了，”赛鹿喊了起来，“狼群走了。”

“不要停下来。”

长腿蜘蛛感到心里一下沉重了起来。看来，那两兄弟也是一样的。他们在河边停了下来，河岸边的山上树木长得很茂盛。长腿蜘蛛跑的时候想起了卢卡维奇卡，它是在狼群出现的时候不见的。他不生它的气，要知道，狗道的尽头就是狼道，鲁莽的蠢狗马乌特是不明白这一点的。

当长腿蜘蛛看到一串高低不平脚印的时候，狗的命运一下就揭晓了。卢卡维奇卡跑到了拟锦湖搬救兵去了。

长腿蜘蛛差点被感动哭了。

趁夜色还未降临峡谷的时候，他们继续赶路。

三个人总算是活着回到了湖边。晚上他们是在粗矮的老松树上度过的，几乎没有睡觉。白天发生的一系列事情——找到足印，跟着足印追赶，逃离狼群，这让他们激动难眠，以至于忘记了饥饿和疲倦。但到天亮的时候，这他们才感到无精打采，像病了一样，完全没有精神。夜间的寒冷加剧了，正慢慢地从他们身上抽取力量。肉干已经不能带给他们之前的活力，但也不至于让他们变得异常衰弱。

在拟鲤湖边集结的整个队伍都是这种情况。前爪的队伍始终把持得很好，但他们在思想上很悲观，他们没找到任何一点小的线索。干鱼已经所剩不多，必须鼓起足够的勇气吃生肉。逐渐降临的寒冷也是他们的主要敌人，寒冷面前最勇敢的人也会变得毫无力量。

长腿蜘蛛的队伍是最后回来的一批。但他们的狗先回来了。狗在人群里跑来跑去，用它的细爪跳来跳去，发出呜呜的声音，想和每个人说点什么。有一些人和它聊天，但很多人把它赶开。大家知道，独自从森林里回来的狗是不会带来什么好消息的。在这么寒冷的天气里哪怕能有一口热饭菜，那他们想都不会想就会循着足迹继续去找。可现在大家已经没了斗志，脚上也没了先前的力量。所以前爪就吩咐大家先等其他的队伍回来。当然，这只是一个让大家休息的借口。当所有的人都到齐了，除了那三个以外，谁也没有动一下，弘卡里也不说话。每个人都想着自己的心事……

- 山洞 -

长腿蜘蛛和他的兄弟们带回的消息让大家一下子来了精神。他们聚在前爪和三兄弟身边，兴奋地叫着，好像看到了面前一场轻而易举可以胜利的战争，而且有丰富的战利品。有关狼群的消息并没有让他们不安。

“狼群怎么能对付四十把弓箭呢？”他们高声说。

随着这些激动的欢呼声，队伍已经忘了让人不愉快的挫败和悄悄来临的寒冷，他们又沿着老路进发了。他们走着，有时还跑起来，一些人边走边嚼食物，肉干像腰带一样挂在他们的嘴边。没花多少时间就走完了从峡谷到河滩的路。这是胜利的一天，让大家摆脱困境的一天。太阳挂在天上，一天才过去三分之一，天空像以往一样澄澈。

在河谷里长腿蜘蛛向领队指了两个不同的脚印，即使在从狼口逃出的危急关头，他也不忘吩咐兄弟们不要踩到脚印。

“他给自己找了个女人。”他对着前爪，指着那个比诺霍小一半的脚印说。

弘卡里的麻脸上一丝笑意闪过。

“强壮的小伙子……”

其他人看了看，有些惊讶，但谁也不怀疑这些脚印是火母诅咒的那个人的。

他们没有弄错。

中午时分，队伍经过了河谷，来到了山里，那些山峰都是平的。足印一直延伸到一座光秃秃的山下，消失在碎石间。弘卡里让大家止步。他久久地看着山上，慢慢地吸着气，像是要从空气中找到居家的气味。

“他就躲在这山里。”最终领队小声而平静地说，就像看到了诺霍站在自己面前。

长腿蜘蛛站在旁边。

“交代你那条聪明的棕色母狗，也许，它可以带我们去。”

卢卡维奇卡站在远离其他杂毛狗的地方，在经过布满狼爪印的河谷后，它变得有些安静。长腿蜘蛛抱着它的脖子对着它耳朵说着什么，然后，卢卡维奇卡就向山上跑去。它那纤细的，有弹性的爪子轻松地在石头缝里找到支撑点。很快，它消失在大家的视线范围内，过了一会儿，从上面传出它的吠叫声。

“在那里。”前爪说，一直看着山顶方向。

他转向长腿蜘蛛，朝他胸膛中央轻轻地打了一拳头。

“你跟着我。”

长腿蜘蛛笑了一下。从领队后面突然窜出赛鹿。

“我们三个一起发现的脚印，现在功劳归他一个了？”

“好，都跟我来吧。”

“那我兄弟呢？”

鹿肝好像知道他们在谈什么，就走近了一点，以便让领队看见。前爪看到一个两腮丰满的小伙子，正用乞求的眼神看着他。

“长得太胖了。就留在这里吧。”

说完，领队就吩咐大家把山给围住。

他们三个向山顶出发了。

他们毫不费力地找到了山里的掩藏地。

前爪向洞里射了一箭，箭在洞里发出很响的碰撞声，接着他第一个冲进了山洞。赛鹿和长腿蜘蛛也跟着走了进来。

光线照进了逃亡者的住所，他们的眼睛很快就适应了洞里的黑暗。周围到处是有人居住的痕迹——骨头，羽毛，兔皮。前爪下到最低的地方，看见了潮湿的蒙了一层霜的墙壁，明白了这个躲藏的地方并不大。

“嘿……”

长腿蜘蛛走下去，走到领队旁边，一只手伸向他的脸，向手心里吹了一口气，抖着嗓子说：

“还是暖和的……完全是暖和的。”

“谁？”

“火灰……那里有个灶，我伸手去摸那灶灰，发现还是热乎的，根本就是今天晚上才烧的。”

领队一下子冲到上面去，在一个不太深的坑里，他分辨出了火堆，里面有烧焦的木头和扔掉的树枝。向下走的时候，他并没有看出这里有个灶。赛鹿一动不动地蹲坐在那里，一只手放在黑乎乎灶台边的中间。弘卡里拿起一小撮灰，那久违的温暖一下子蔓延到每个手指头。

“怎么会这样？”赛鹿问。

在亮光下，领队捕捉到了他那迷惑的目光。

“怎么会这样……”

前爪不知道说什么好。他自己也很迷茫。

“也就是说，他是有火的，”长腿蜘蛛说，“他这里有火，他是可以生火的……为什么，领队？”

没有人回答，大家沉默了很久。

前爪比这两个小伙子多活了两倍的岁数。他自己有三个儿子，大儿子很快就会继承他的事业。他不止一次地领着人去打伏击，曾在死亡边缘徘徊，也遇见过这种让人费解的事情。但他准确地知道一点：要领导大家，就必须在关键时刻不涣散大家的意志，就像在杀死兽群头领的时候整个兽群都散了，而不能让人心不齐。所以，他不能沉默，甚至当他自己也不知道是怎么回事的时候。于是，前爪说：

“这不是诺霍。”

“那是谁？”那两人问。

“森林里有很多流浪者……”

长腿蜘蛛从腰间的口袋里拿出了什么东西递给领队。这是个很小的被折断了头的箭头。

“我是在这里找到的。想自己留着……你看见刻痕了吗？诺霍总是给自己的箭头做记号。我了解他就如了解自己一样。有一次……那是很久了……他对我说过，他和他哥哥有一个自己的住所，那里谁也不知道。我们现在就在他跟我说起过的帐篷里。这就是他们的住所，不会是别人。”

“如果诺霍有火用，而我们没有，那这也是火母的安排。现在请仔细听着。想活着回去的话，就不要说火灰的事情。诺霍又跑了。但他就在附近，一定要找到他。”

领队转身快步走到出口处。

他第一眼看见的就是天空，向大地倾洒无限白色光束的天空。

老头赫诺躺在帐篷里，帐篷下面垫着用树枝、地衣和毛皮做的垫子，外面盖着三层兽皮。

帐篷里只有他和他的孙女。

为了帐篷保暖，烟囱口也用兽皮遮住了。

“把兽皮拿走，”老头提出要求。

“为什么？会冷着你的。”

“拿走，你随便去哪里串门去吧。”

女孩拿来梯子，拿走了兽皮。一束蓝色的光束照进帐篷中间。一缕缕雾气在房中弥漫。

姑娘把一个盛有干肉的木盘放在老头面前。

“你吃点吧。”

“你自己吃。”

“我吃不了，”姑娘哽咽着说，“我作呕……爷爷，我们还要等很久吗？”

“不会的。男人们集聚了力量会重新去找他的。这次肯定会找到。如果我们的部族亲戚找不到，就再忍一忍。不要哭。”

姑娘站在屋中间的光柱里，赫诺看见她用双手摩擦着浸满泪水的脸颊。

“难道就让我们所有的人因为一个人而受到伤害吗？”

“可能，”老头小声地回答，“神不喜欢玩笑。”

“那喜欢人吗？”

“喜欢好人。”

“那就是说，我们是坏人？”

“你听着，我的乖孙女，”赫诺想尽量说得温柔一点，“你很快就可以在火上烤手了，你会为烧开的热菜汤高兴得哭的，那热汤会一直流到你的喉管和胸膛。然后你又会因为幸福而哭泣，你会找到自己的国王，他会是林子里最健美的，你会嫁给他。

很多喜事等着你呢，我的姑娘，你是为幸福而生的，所以你这么漂亮。再忍一忍……你走吧，我想睡一睡。走吧……”

姑娘轻轻地叹了口气，不再哭泣，弯腰去吻老头，然后走了出去。

战士们在昨天太阳下山的时候回到了营地。下的雪不仅把脚印给掩埋了，而且冷得大家都没了士气。大雪天没有雪橇很难行走。杜夏达的儿子就在附近不远的地方，而且又一次逃脱的传言引起了大家的恐慌和抱怨。但同时也让大家知道：诺霍活着，他还流着火母想要的血。这顿时给了人们希望。

战士们在家里盖着一层层的兽皮，用老婆的身体取暖，好好地休整了一下，然后又带上雪橇，装上箭和让人恶心呕吐的鱼干，踏上刚下的雪，去追寻诺霍的足迹去了。他现在肯定比他这些从前的亲戚们更艰难。已经有很多人视他为敌，更何况，他还没有好的雪橇，温暖的冬衣，当然他是可以去偷这些行头的。而他的那个女人肯定是偷的，用来排遣他的寂寞和无聊，更可以用来暖被窝。要知道，他也是怕冷的，而且这山里通向他那秘密藏身地的路已经被截断了。

几乎所有的人都这么想，包括赫诺。自从派出去的人回来以后，他再也不像之前那样担心害怕了。只有前爪，那些战士的领队，他很少说话，几乎是不愿意说什么，他以前也是这样的，所以大家也不觉得有什么奇怪。

老头看着变暗的那柱光，心想，火母这样久地折磨大家，大概是想所有的人及他们的子孙后代都铭记这次的教训。他毫无怨言地会坚持到最后，这想法让他心里平静了下来。不知不觉中他睡着了，就像个年轻人一样睡得很香很沉。

他醒了，感觉有个人不停地摇他的膝盖。

“孙女儿，是你吗？”赫诺问，不想睁开眼。

“是我。”

老头惊了一跳，抬起头来。他看见帐篷中央那消失的光柱又出现了，是那样的白，就像猛犸象的长牙，是那样的透明，又像是水。

光柱中间站着一个高个子，有一头浓密头发的男子，手里拿着一把长长的刀。

“你好，我们的父亲。”诺霍说。

是雪让他们快速决定去复仇。

我们知道，在下雪天会把我们的足印暴露给敌人。我就催促诺霍说:“我想去看看那些杀了我哥哥的人。”“你会看见的。”诺霍回答。

离我们不远的地方出现了狼群，是它们赶跑了长腿蜘蛛和他的俩兄弟。诺霍认定，狼群把从前的领地留给了更强大的人，甚至不惜挨饿。

我们已不走老路下山，而是从山的另一边下去走进丛林。

对狼群的恐惧挽救了我们。打猎回来，我们一直就待在山上，看见了山脚下出现了很多的人，那正是前爪带的队伍。

命运似乎向我们暗示，摆在我们面前的只有一条路了，就是直接去营地找赫诺。我们相信，把我们紧密联系起来的命运将会解决这件事。

我们来到了大本营，没被任何人发现。

人们躺在帐篷里，裹着很多兽皮取暖，大概地震也无法把他们赶出来。

就这样，诺霍顺利地站在了老头面前。

“你来了……”

赫诺没有听到，也不知道自己说了什么。老头现在完全是懵的，对眼前的一切没有反应过来，就像一个猎人沿着一条熟悉的道路却走到了一个完全陌生的地方一样。

“这么冷你都能睡？”

诺霍站在那儿一动不动。赫诺久久地看着，还没有意识到眼前的这个人正在进行夜间偷袭。他看见这个认识的小伙子，自己也不知道为什么说了一句：

“很高兴见到你。”

诺霍盘腿坐下了，把刀放到了面前，微笑着回答：

“我也很高兴见到你。”

老头微微欠起身。

“你为什么在这里？”

“我想念家人了。”

在杜夏达儿子的脸上一直挂着微笑。赫诺突然明白了一件事，他其实根本不了解他。他是个强壮的小伙子，一个好猎手，似乎，还不只这些。从他的左边好像看见了给全家招来诅咒的愚蠢的父亲和淫荡的母亲的影子，而他的右边又好像看到了他那为拯救大家而毫无怨言站在刀下的哥哥谢尔哈撒娃。赫诺不知道，在他身体里流淌的哪一类的血液更多些。

“你的亲人们正在一个个地死去，”老头很沉重地说，“你是知道的。你听好了，我可不是贪玩好奇的小野兽，别逗我玩。你也看见了，我老了，如果死神降临，我会撩起帘子像迎接贵客一样将他请进屋。”

他稍作停顿后又继续说：

“这里有四十个年轻男子和数十个上了年纪的男人，这你很清楚。他们现在正在睡觉。可如果你杀了一个或是几个，那其他的人……”

“老头，看来你是怕死的。”

“闭嘴！”

天已经黑了。赫诺听到自己的声音是那么的坚决。

“想想你的哥哥，他是值得歌颂的，因为他义无反顾地接受了自己的命运。如果你也像你哥哥一样接受你的命运，为大家做出牺牲，那么我们会忘记你的胆小和怯懦，会原谅你给我们带来的这些痛苦和折磨。但如果你总是逃避大家，躲避神的旨意，那你简直就是个自不量力的疯子。”

诺霍没有回答，他只是坐在那里看着老头。

“你想想吧，”赫诺疲惫地继续说，“不要让你的命运更悲惨。不过，你终究还是回来了……如果你杀了我又重新逃回森林，那会是什么后果呢？无非和我们一样也是死路一条。可在那里，”老头用一根手指指着地下，“我们在那里终究会见面的，但是，你想想，你会身背多少的罪孽，你自己想想吧……”

当老头话还没说完的时候，他感觉到背后站着第三个人。我是在他还在睡觉的时候，先于诺霍走进帐篷的，我坐在里面一个黑暗的角落，准备好弓箭，以便在有人进来的时候就射箭。

“是个女人吗？”赫诺轻蔑地笑了笑，“就是那个我派去的人提到的那个女人吗？你想把她拖着跟你一块儿……你在哪里偷的她？”

“过来，兄弟。”

老头看见站在诺霍旁边的不是个女人，而是个小个子，有一张长脸的人。

“这是文卡，”北极狐说，“最开始他是亚伯托的儿子，后来又成了他的奴隶。长腿蜘蛛、赛鹿和鹿肝杀了他的哥哥拉尔。如果你还记得的话，他们就为了寻开心而杀死了拉尔。文卡是我带来的。”

“这什么也改变不了。”沉默一会儿后老头答道。他有一点尴尬。

“你是对的，这改变不了什么。”

诺霍从肩上取下一个小鹿皮口袋，从里面拿出了什么。原来是桦树皮。

“你看着。”

从他手里跳出了一粒火星，接着又是一粒，接着在杜夏达儿子的脚边燃起了火苗。他拿起燃烧的桦树皮放到自己的脸庞边，他的脸被照得异常的光亮。

“想烤手吗？”

诺霍把桦树皮递给赫诺，很温和地说。他看见老头全身颤抖了一下，然后把手伸向火苗。可火苗一接近他的手就发出嘶嘶的声音，接着就熄灭了。

四周一片寂静，老头终于明白了什么。

诺霍先开口说：

“你一直教导我们说：人们总是因为生活中的错误而受到伤害，而你没有犯过错误，我们是和你一样生活的，不是这样吗？”

“是的，我问心无愧，不会为一些微不足道的小事儿而自责。”

“你总是供养鬼神，敬畏我们恩卡人的神灵，但你从没向他们敬献真正的祭品。所以你和你的家族受到了攻击，遭受了伤害，甚至其他的家族也跟着遭殃。你说过要诚实，不要向神撒谎，那么就不会有可怕的事情发生。是这样吗？”

“你把我的话记得很好。”

老头抬起头，诺霍看见他空洞的目光闪开了。

“你干吗问这些，你想要我干什么？”赫诺终于忍不住说出来。

“你还像以前这样相信这些话吗？想好了再说，离天亮还有很多时间。”

赫诺一直沉默。过多的思考让他身心疲惫。

“你想要的太多了，”最终他说道，“想要让我把我做过的回忆一遍，就像是逐一检查渔网的网眼一样，那太多，太费时了，到天亮未必能说完。”

他试着笑一下，可还没有笑起来，他像是被打了一下，皱起了眉头。

“但有一点我知道，所有的错都是你的父母犯下的。你父亲……很少能找到一个能做出他这种蠢事的人，可杜夏达就做了一个不够理智的孩子都怕做的事。以至于火母非常生气。”

“如果一个放荡的人能战胜你的智慧，你哪能保佑全家人，而且从不会背叛你的智慧又有什么值得一提呢？你岂不白白浪费了你的祭品？”

“不要亵渎神灵，你知道火母要的祭品是什么。”

诺霍仰头哈哈大笑，就像正在溺水的人贪婪地大口吸气。

“她想吗？你清楚地知道她想要什么？你看见了我手中的火石怎么燃烧的，在你碰到它后又怎么熄灭的。你想想，她到底在惩罚谁？谁是该死的，爷爷？”

老头不说话了，突然又抬起头。

“火母保护你，是为了教训我们。教训了，然后就会救我们。你这样想过吗？如果没有杜夏达，就不会找到像我们这样敬畏火神的人。记住，孩子，总是善良的人们能经受住惩罚的，而不是该死的。甚至是现在，我们在火神面前也是干净纯洁的，因为我们把我们有的都献了出去。你的父亲和母亲都死了，是被钉在松树干上死的。而你现在也自投罗网了……”

“死了吗？”诺霍重问了一遍。他这样说就像是听到意料中的事。“那就奇怪了……现在火母到底对什么还不满意呢？”

“别亵渎神灵。”赫诺说。

“你知道，有时候一个孕妇突然想吃这些……如鱼鳔，新鲜的苔藓，或是雀鸟蛋。这些都可以理解，女人们不都这样吗？大概火母想要你们死掉呢？仅仅是要你们死，而不是什么教训。你这样想过吗，老头？”

“你记住吧，浑小子，任何事情都是事出有因的。神仙、鬼魂、死人、活人、野兽或是其他什么东西都可能有缘由的……

甚至一粒沙，茎秆上的刺都不是无缘无故出现的。那么，火母发怒……”

他停止了说话，看见诺霍拿起刀放到了脚下。

“我只需要一下就能杀死你，”北极狐说。“这又是什么原因呢？”

他毫无恶意，几乎是笑着说的。这时的赫诺却笑了起来。

“我已经说了，你很愚蠢，竟然用死来威吓一个老头子。这，你需要原因吗？四十个年轻男子拿着武器正在睡觉……还有数十个老年的，当然，还有小孩，女人，她们中很多都强壮有力。甚至老太婆对你发起怒来也会变得强大，她们虽然没有牙齿，但有指尖的指甲，就像是猫头鹰的……”

诺霍用眼色指示我退回原来的位置。赫诺正对着他闭着眼哈哈大笑，什么也没看见。

“即使你把我杀了又跑了，他们也会立马把你和你那小伙伴找到。你知道前爪是很擅长带人追踪敌人的……而你……你还想跑吗？愚蠢的孩子……所有的路都被大家截断了，无论是人，还是神都不会放过你的……而你竟然还想……”

剩下的话被他咳出的飞沫给淹没了，赫诺的体内就像有一口锅一样，滚热的肉汤正沸腾翻滚。他用一只手捂着脸，另一只手挥舞着，就像一只被击落的乌鸦。他体内似乎有什么把他推了一下，突然间爆发出哈哈大笑声，接着又戛然而止。

赫诺整个人僵住了，手掌从脸上垂了下来，手像扇动的翅膀一样无力地打了一下座下的兽皮，他盯着诺霍，两眼突出，张着嘴巴，然后像一根干枯的，被折断的树枝一样侧身倒下了。

杜夏达的儿子慌忙起身走到赫诺身旁，伸手去摸他的鼻孔，手指没感觉到热气儿。

“这就是你要的原因。”他说完就向我使了个眼色。

- 两个魔鬼 -

我们走出帐篷，开始了今天的正事儿。

一轮圆月挂在天空，黎明时分的寒冷刺激着我们的脸。赫诺那偌大的营地呈圆形分布，就像胸甲上的花纹。

我们不约而同地走向不同的方向。我们走向帐篷，掀开帘子，向睡着男人的帐篷里射出三支箭，然后跑向下一个帐篷。当箭筒空了的时候，我们已经把整个营地扫荡了一遍。

整个营地都在战栗，哭喊声响成一片。人们从被袭击的帐篷里纷纷或跳出，或爬出，或直接倒地而出。他们的腿上，肩上，背上都被箭射中……我们再向他们补刀。很多没受伤带着武器跑出来的男子，还没来得及举起武器就被我们解决了。

凶残的魔鬼进驻了诺霍的体内，让他整个人都快飞起来了，而那些士兵们完全失去了勇气和战斗力。

“指给我看，谁杀了拉尔！”我叫着。

“在死人堆里会找到的。去每个帐篷，杀光所有的人！”

“我不想杀女人。”

“把所有人杀掉！”诺霍咆哮起来，“他们都是一丘之貉，都是一口刮刀上掉下来的油脂。”

他迎着冰冷的寒风哈哈大笑，就像他饥饿的灵魂正被盛情款待，终于被喂饱了一样。有些男子扔下了武器，跪在雪地上磕头求饶，希望被宽恕，可还是被他杀死了。显而易见，不杀掉营地的最后一个敌人，诺霍不会罢手。

我看着月亮那变得可怕的脸，一种莫名的担忧笼罩了我。我冲向诺霍，身嘶力竭地向他喊：

“住手！”

喊声让他停了下来。他从血淋淋的杀戮中转过身来盯着这个被他称为兄弟的人，他那样看着我，就像是个被叫去参加宴会，又在宴会开始时被赶了出来的人。他的刀上正鲜血淋漓。

“把杀我哥哥的人指给我看，他们是死，还是活。”

诺霍此时怒吼起来：

“你，是谁的人……你，是谁……”

“住手吧，”我重复道，“你赢了。”

诺霍没有回答，他转身冲向最近的一间帐篷，很快从那里飞出一个桦树编织的摇篮。他就像是只在狩猎中被猎物欺骗的熊一样很气愤，紧接着又跑向另一个帐篷。我跟在他后面，追上他，用刀柄打了一下他的肩膀。

“站住，我想和你谈谈。”

在喧闹中，除了他内心的杀戮，他几乎什么也没有听见。被愤怒控制的他，也把怒气宣泄到了我身上。

所有的人都呆呆地看着这两个仿佛从天而降对他们执行神的旨意的人竟然相互打了起来。

他们看见，飞翔的力量转给了小个子的勇士。这力量帮他免于袭击，诺霍扑了个空。

铁角的话成真了，我现在非常确信这点，因为有着一颗诵宁人心脏的小个子奴隶开始在我体内发威了。我只需要一个动作就把事情解决了。

我向后一蹬跳开，向上一跃，在安静中人们听到一个短促的声音，这是诺霍的头落在了厚厚的雪地上，人群叫了起来，就好像一块岩石跟着他们一起崩裂了。

接着就是一片死寂。

一个在赫诺营地里久违的声音打破了沉寂，不知是谁用铁敲打着火石。

- 多余的寡妇 -

在营地发生的整个事件中，只有一个人没有参与，那就是寡妇瓦坦妮，抑或是多余的寡妇。

在她丈夫死之前，她的脑子就受了伤，守寡以后，她变成了一个非常可怕的人，以至于她丈夫的兄弟们没有谁愿意收留她。寡妇的住所与世隔绝。大家不是不想给她一块地方，也不是吝惜，大概真的是怕看见她。她那脏兮兮的脸上总是有一种隐隐的可怕的表情，头发脏得一缕缕地黏在一起，就像是死去的蛇一样顶在她头上，她的嗓音像铁一样尖锐刺耳，这使她整个人就如一个厉鬼。她过着不为人知的生活，没人能想象她是怎么过的。

当部落里的所有人都在看天上降临的两个人相互残杀时，她抱着一捆柴走了过来，并不慌不忙地在已没有活人的营地的一边生火。

寡妇打出了火花，月亮在她背后闪着光。一条弯弯曲曲的线条静静地向老太婆流去——这是从被砍去脑袋的诺霍的身体里流出的血。血没有流进雪地里，而是慢慢地向一棵树流去，就像是一条蛇偷偷地靠近小鸡。老太婆手上的火花越闪越多，桦树皮被点燃了，一根细烟露在了月亮的脸上。

血线在离火堆半步远的地方停下了，慢慢地渗进了雪地里。

火苗蹿了出来，熊熊燃烧，把一棵树给吞没了，发出噼啪的碎裂声，火苗发出低沉的隆隆的响声，好像不是在燃烧细小的树枝，而是从恩卡人居住的土地下喷涌而出。

人们向火堆跑去，年轻的女人们围成了一个密闭的圈，孩子们也跟着跑去，伤员们也爬过去，他们身后雪地上留下了一条暗沉的印迹。大家对着火苗搓着双手，手被灼伤了，叫着享受着被烧疼的感觉。很快，叫声变成了哭声，谁也不能掩饰自己的泪水。只有寡妇瓦坦妮没有哭。她很快被挤离了火堆，以一种惯常的姿势站在那里——双手托着脸颊，默默地看着混沌的人群，突然她尖叫了一声，所有人都呆住了。

“看那里！”老太婆叫，“看那里！看他！”

她的手指着我站的地方。

所有的人都转过身，向我爬过来。他们在我面前是那么安静，就像是在神面前一样，甚至不敢把手伸出来。我看不见他们的脸，只看见了他们的背和头顶。当人们稍微回过神后，等着一个勇敢的人开口说第一句话。

最后，听到了一个苍老的声音。

“你是谁，战士？”

我开始向他们讲。

“一年前尤拉克人亚伯托把他的一个儿子拉尔带到了你们的营地。你们承诺为他娶妻，但最终他被葬在了树上。我是文卡，拉尔的弟弟。我来是为了看看是谁杀死了我哥哥。”

人们久久地沉默，就像过了一个漫长的冬季一样。那个苍老的声音害怕地说：

“哪个拉尔？”

听了这话，我感觉我胸中的怒气就快冒到嗓子眼儿了。

“有没有人到我这儿来，”我说，“我和我哥哥身材不同，但脸长得一模一样。”

从一群人中走出一个弯腿的老头，他的脸很宽，下面像被压扁了。就是他跟我说的话。他久久地仔细地看着我，仿佛不相信自己的眼睛，然后吸了半口气，开始不停地眨眼睛。

“大家听着，这不就是那个小不点儿……那个又高又瘦，有病的，寡妇瓦坦妮经常给他偷吃的那个。他好像叫拉尔。他说的是真的，相同的面孔……对不起，战士，我们的家太大了。”

他又转身面对所有的人，拖长声音说：

“伊芙莲娜，我们的光姑娘，你站起来吧……”

一个圆脸女人向我走过来，她推开老头，跪在了我面前。

“战士，我本应该成为你哥哥的妻子的。只是这不关我的事，是我兄弟们杀了他。他们把他带来的时候，他就有病，成天想吃，挑衅所有的人，总说，走吧，我们去决斗。我劝说了他们，让他们别动真格的，可我一个女人，谁会听呢。就这样……”

女人开始扯着嗓子哭了起来，哭诉自己有多命苦，哭着哭着又突然跳起来，拉着我的手。

“不要再为他难过了，你已经为他报了仇。走，我指给你看。”

女人把我带到发生残酷屠杀的地方，那里一片厮杀过的场景，死尸一个挨着一个躺在那里，她大胆地抓起一个死人的肩膀，脸朝上翻了过来。

“这是我哥哥……那里，远处，是另外一个。我们过去……”

“你这个该死的！”一个高个子女人向我们跑过来。“畜生留下的寡妇，我呸，坏女人。我们的罪孽还不多吗？我们受的苦还少吗？还想新的仇恨？我们的人侮辱了火母，然后又用假的祭品去骗她，结果我们差点都死掉。这两个人，就像一个强大的军队，杀死了我们所有强壮的男人。你还嫌这些事情少了吗？你别信她，战士，那不是她哥哥，你的仇人还活着，就坐在那里，只有一个死了。”

声音穿透人群，人群开始骚动起来，向我脚下的两个人——赛鹿和鹿肝吐口水。

长腿蜘蛛是真的被杀了。他和前爪都是在睡梦中被箭射中的。

赛鹿没有受伤。鹿肝用手捂着侧部的伤口勉强能走路。他们俩是整个青年男子队伍里仅剩的两个。

女人们继续声讨他们，把他俩推倒跪在我的面前。我记得那些女人的眼睛——热烈而沉痛，准备随时为我效劳。

“你想怎么处置他们，请说！”大家叫着。

还是在诺霍秘密藏身的地方我就想过，我该怎么处置那些杀我哥哥的凶手呢？但我众多的愿望中只剩下了一个，我想问：“如果拉尔还活着，他哪点妨碍你们了。”我会看，他们是怎么艰难地回答我。

赛鹿垂下了眼睛，鹿肝大声而急促地呼吸。我默不作声。最后，我拿起刀对着赛鹿的咽喉说：

“你看着我。”

赛鹿抬起头。他的眼光里没有哀求，没有恐惧，只有对命运的悲恸的接受。这时，鹿肝却喊了起来：

“我没有碰你的哥哥，我只是站在旁边，你让我活吧。”

小伙子像奴隶一样哀求我，他的声音一扫我最后的愤怒，在剿灭营地，与诺霍决斗的过程中，我的愤怒就在逐渐消减。

我身体里诵宁人的心脏也沉默了。我放下武器，转身向快要下山的月亮走去。赛鹿跳起来，跟着我跑。

“嘿，等等。”他说得很小声，几乎没有出气。“我不认识你，但我知道你会来。还在你们的山洞里我就知道……”

我没有停下来。不管是仇恨，还是一直想要的复仇都已经对我不重要了。这些人，就像地球上的其他人一样，一瞬间就成了与我不相干的人了。我变得空虚迷茫，不知该去哪里。

可当赛鹿看见我背上跳跃的远处火苗反光的时候，我看起来就像是个在行进中的神。

“你是消灭了一个由强壮男人组成队伍的两个人中的一个，你为什么不杀我？让我一个人还活着……你说，你是谁？你是从地狱回来的拉尔的灵魂吗？你准备把我怎样？会有更惨地等着我吗？你倒是说话呀！”

没有给他回答，我一直走，没有停下来，最后他跑到我前面拦住了去路。

“我，赛鹿，是条狗，如果你愿意，我想做你的一条狗。”

“不愿意。”

“为什么不像男人一样地解决问题呢？你向我们隐瞒什么？你听着，饶恕我吧……这一切事情以后，人们还会等着另一个惩罚，就是为一桩还未报的血仇。他们会因为等待而失去理智，所有人都会像多余的寡妇。而我会成为杜夏达一样的人……我会和他们一样地惨。赫诺已经不在了，谁向他们解释一切呢？听着，让我和你一起走吧，你想什么时候杀我都行，只是不要把我一个人留在这里……”

赛鹿后退着往前跑，就像在河谷逃避狼群一样。

突然他停下来叫了一声：

“你快转过身来！看你的背后是什么。”

我转过身去看见，赫诺家族剩下的所有人都跟在我后面。

“他们也都想成为你的狗。老狗、母狗、小狗。你没看见吗？”

我看着散落在雪地上灰色的身影。

在自己不长的，并不愉快的生命历程里，我第一次看到有人追随我而来。我背后那变化无常，让人难以明白的守护神一下窜到我的脚下，不让我去迎接大家。

赛鹿跑到前面，撕心裂肺地大声喊：

“首领！首领！”

当太阳升起的时候，我们埋葬了死者。

诺霍的尸体最沉重。需要营地里剩下的所有的男子，大部分都是老头都去搭把手才能抬动。老人们惊奇于从未曾见过如此深重的罪孽，一直在猜想，会是什么样的罪过才会把死者的尸体一直往地上拉。

但让大家更为惊奇的是萨满。

就在那天，他来到营地说，神灵在召唤他上天，就在今晚他会闭上眼睛停止呼吸。

萨满说他已经有棺木了，他要求把他的棺木抬到树枝上去。人们被吓坏了，女人们哭了起来。

在闭上眼睛，停止呼吸前，萨满说：

“可怜的人们，可怜……”

全家族都哭了，都说他们确实很可怜。因为对于普通人来说，如果没有一个能看见神灵，并和他们对话的人存在，这确实让他们很不安。

“你们别为此而哭泣，”临死的萨满说，“你们不需要萨满。”

当人们还在不断地说着没有一个能通神的人是多么不好的时候，萨满说：

“如果神灵告诉我该走了，那就是说，这地球上再也不需要萨满了。”

沉默了一会儿，他补充说：

“你们自己也看得见神灵的。”

人们都愣住了。一些人想，神秘的力量将变得大家都具备了，萨满猜到了他们的想法后说：

“你们可别高兴。当每个人都能看到只有少数人能看到的东西时，事情就会变得很不好，就好像鱼儿从河里上岸在草地上爬行一样。”

说完这些，萨满就闭上了眼睛，停止了呼吸。

- 火的面孔 -

新的一天降临了，我看见了火的面孔。

这是一张疯狗的脸，这狗试图读懂主人的亲切和强硬的一面。

因为我拒绝搬进赫诺的住所，他们就给了我一座别的帐篷，这是仅次于赫诺的最好的帐篷。这座帐篷用新的厚实的鹿皮覆盖，里面有用兽皮和青苔铺设的柔软的火炕，还有一口大大的灶和一口锅，锅也很大，能煮一整条鹿腿。

大家盛情款待我就像是招待一个久违的客人。老头们坐在灶边，抄着双手，默默地看着我吃饭。热乎乎的肉温暖了我的身体，我手里拿着一块没啃完的骨头睡着了。醒来的时候，我看见他们还坐在那里。

又过了一天。人们毫不避讳地，目不转睛地盯着我看。我的每个行动，每句话都引起他们的好奇：这个外来的小个子，几乎还是个孩子的人的力量是从哪里来的？他的力量始终伴随他，还是只出现在不可知的那一刹那？谁也没有得到确切的答案，每个人都按自己的想法去猜测。那些饱受近几个月折磨的人相信，这个小孩是上天的使者。而其他的一小部分人对此不是特别地坚信。如果他们还能看到这种力量的出现，那么他们就都心安了。

当赫诺的人知道我自己也怀疑自己力量的时候，不知道他们对我的信念会变成什么。但年轻人把一切好的看作理所当然的心态让我内心对此没有任何负担。而尤其是生活不会给你更多的时间去思考犹豫，这让人们的心不会久困于一些想不明白的事情。

赫诺家族的人口在继续减少。那次大血战后过了一天，死了三个受伤的人，其中包括鹿肝。最初，在他体侧的伤口用头发缝了起来，血止住了，但很快伤口化脓，流出了黄色的黏液。当用骨针为他修补伤口的时候，他没有说一句话，只是痛苦地喊叫，最后叫声变成了呻吟声，就像个孩子在哭泣，到了早晨，鹿肝断了气。

结果，能征善战，能管理好畜群，能为鹿队开道的男人只剩下了赛鹿和里季扬克。他是赫诺的一个弟弟，比自己许多白头发的同龄人要壮实很多。还有五个已经为大家狩得第一次猎物的男孩子，但他们还没有成年，还没有学到父辈们的本领。

剩下的差不多就是能勉强养活自己的人。因为过着规律而又丰足的生活，赫诺家族的很多人都很长寿，这样，幸存下的人中有很多老头，尤其是老太婆，她们受到和男人们一样的尊敬。不太强健有力的双腿保全了他们的性命，他们当时都待在帐篷里，没有落在诺霍的屠刀下。

但大部分都是女人。四十个战士差不多每个人都留下了一个遗孀。寡妇们都带着孩子，有的还躺在摇篮里，而有的身高刚刚过父亲的膝盖，他们总是怯怯地抓住母亲的外套衣角。

其他部族的人都怕恩卡人。如果不是特别需要，他们一般不会踏上恩卡人的土地。但其他家族很喜欢接受恩卡人的未婚夫。和有血缘关系的人通婚就如同吃自己的肉汤，就如遵循其他戒律一样，赫诺也严格地遵循这一条。在很久以前，恩卡人必须通过战争去夺取新娘。现在，一切都变了，因为每一次偷袭都能获得成功，所以森林里就传说，世上最幸福的姑娘是嫁给恩卡人的姑娘，因为这些让人听之丧胆的男人们有其他男人所不具备的品质——始终如一的忠诚。

恩卡家族的女人们从不会挨饿，即使她们成了寡妇也不会受到饥饿的威胁。大家永远不会改变对她们的爱。她们都有最好的肉吃，森林里流传着这样的说法。其实，女人们的要求并不多，她们无非要求的是男人的忠诚和不会被男人厌倦。

甚至在连续被灾难侵袭的几个月里，赫诺家族也没有抛弃、背叛女人们，她们仍旧那么漂亮，关心操持家务，不需被刻意保护。她们首先确信，这个小个子的陌生人就是她们的首领，是上天派来的，也有可能他本来就是恩卡人的保护神。女人们为失去丈夫、孩子和兄弟而哭泣，在她们心里不能抹去的屠戮之夜的恐惧和之后火光重现的惊喜让她们认为男人们的牺牲不是无谓的，不是没意义的。她们中谁也没有复仇的念头。只有更强的像往常一样活下去的愿望。她们都是忠诚、关心、体贴的妻子，受人尊敬的战士的母亲，她们没有想过还会有其他的命运。

男人们却一直肩负深重的灾难，尤其是当庞大的畜群减少的时候。年景好时，家里的鹿是那么的多，大概赫诺都不知道有多少头。大大的畜棚需要十几个牧人看管。但当灾难降临的时候，赫诺和他的族人已经没心思照看畜群了。当年轻的战士们在森林里寻找杜夏达儿子的时候，当他们作为使者被派到附近亲戚部族的时候，只派了三个老头去看管牲口棚。他们甚至不能觉察到公鹿拆毁了好几处的围栏。家鹿和野鹿不能处在一起，跑了的野鹿也没有人去找回。牲口减少了差不多一半，可老头们说，就是剩下的鹿子，男人们也未必能照看过来。家族没有转到冬季牧场。鹿子被关在栅栏里，把草吃了个精光，地上的石头都露出来了。

雪季来临了，男人们面临着决定怎样撑下去的问题。为此他们聚在了赫诺的大帐篷里，其中也包括我。

这几天我很少说话，时间越久，我越觉得没必要说话。我差不多快丧失了说话的能力，在人们谈某些我不太明白的事，我也没法理解他们忧虑的时候，我就不去听。这些人对我来说完全是外人，我在他们身上只看到了自己迷茫生活的改变。他们就像一些树，但在他们中间却不宜居住。我没有想过要利用他们对我的尊敬和恐惧，我准备好他们在我的生活中随时消失，就像是不期而遇一样。

看来，我的预见没有错。经过那杀戮之夜的人们终于平静下来后，已经不去想这个外来人是不是真正的首领了，哪怕他是个不一般的人。叫着嚷着想做我的一条狗的赛鹿也是日子该怎么过就怎么过。老头子们仍然把最好的饭菜给我送来，但如果他们问什么，那只是表达对我的尊敬而已。

还记得，有一位老人向我问了什么问题，我没有回答就起身走出了帐篷。

“不要看他，”里季扬克对不知所措的老人说，“我听说有这样的人，当他们需要传说中的铠甲的时候，就像是魔鬼附身，在战斗中一个人可以抵挡一支军队。可当仗一打完，这人就陷入忧郁，远离所有的人，甚至连自己都养不活。人们用长木叉给他送饭，害怕他会像一条恶狗一样随时扑过来。”

“而这人不会扑过来吧？”长着一个扁脑袋的老头问。

里季扬克笑了一下。

“我想，这人不像我听到的那些那么疯狂。何况我们有那么多的女人……”

老人们对关于我的解释还算满意，张开没有牙齿的嘴，露出会心的笑。

可里季扬克没有笑，他继续他关于女人的话题。她们相对于很少的猎物来说，实在是数量庞大。

“从其他部族带来的女人们，可以回到其父母的营地。等过了这个冬天我们再商量此事。”里季扬克说。

停了一下他又说：

“如果女人中有能和我们一起熬过去的，那么我们就当她是咱们的亲女儿了，就为她们张罗未婚夫。她们将是我们家族的顶梁柱，会为我们生儿育女，开枝散叶。”

老人们眼睛都不眨一下地看着里季扬克，他们惊奇于他的智慧。

- 未婚妻 -

我深夜从那个大家开会商讨对策的帐篷里走了出来。

是心中的忧郁把我带出了屋子，几天来，它像一个顽强的敌人一直缠着我，我被追得疲惫不堪，就找了一个无人的、昏暗的地方藏身。我住的帐篷里，灶里变冷的木炭还闪着火星。我久久地看着灶膛，没有去吹火。然后，我感觉到有什么东西在我身体里推了我一把，我拿起武器，坐上雪橇，追着月亮出发了。

但却没有出逃成功……

当时天空很暗，疯女人瓦坦妮的帐篷远离所有的人，她拿着一个木盘子跑到我的住处，盘子里啃了一半的骨头还冒着烟。赫诺家族的人都知道，她经常神志不清地端着啃了一半的骨头去送人。

在寡妇脑子受损，丈夫死后的这些年，人们一直在养着她，她一贯地只吃给她送来的食物的一小部分，剩下的一大部分就送给从别的部族来的年轻的未婚夫们。寡妇认为，这些可怜的小年轻们还未成为赫诺家女婿前就会被饿死。她把他们当作自己的孩子，一天为他们送两次饭。小伙子们拍着鼻子笑话她。寡妇也和他们一起拍着鼻子笑，然后把食物放在他们跟前就走了。太阳快升起的时候，她又跑去给小伙子们送饭。

只有始终处于饥饿中的拉尔没有拒绝她送来的骨头。他甚至吃了后要求还要。瓦坦妮只能去偷，因为她自己吃的已经不够送了，当已经没地方可偷的时候，她就直接从滚烫的锅里拿。好几次她都因此挨打，可她全然不顾这些，用手指抓着滚烫的骨头就往家里拿。甚至男孩子们不得不驱赶她远离挂着干鱼的横木。这时的瓦坦妮就坐着等男孩们离开，或者在附近徘徊，就像一只狼在死了的驼鹿旁边游荡，嘴里不停地念着咒语，那是她几乎已经忘记的语言。

即使这样，她也没有把拉尔喂饱过。

拉尔死后，她就躺到他的棺木下，她在那里躺了好几天，在她快饿死和伤心死的时候，人们把她抬回了家。很多人都认为多余的寡妇会死掉，可她却活下来了。

当灾难降临时，大家几乎忘了她。

那时，我还不知道她那么勤勉地给我送吃的，就如同当时为光姑娘未成事实的丈夫送吃的一样。但每次好心的女人们都把她赶跑了。瓦坦妮就决定一大早给我送来，因为她认为，此时，整个营地都在熟睡中。

那天早晨没有人阻拦她。她撩开帐篷的帘子看见里面空无一人。于是，她就退了出来，把盘子放到雪地上准备等。可她发现两条平行的雪橇印一直延伸到树林里，根据印迹可以判断那个在雪橇上轻轻晃动的身影，身上背着弓和刀，那人是准备出远门，甚至不打算回来了。

瓦坦妮起身抓起盘子就跟着印迹追。她陷在及膝的雪地里喊：

“小子，你站住！……为什么走？谁给你饭吃呢？小子……”

女人们从自己屋里冲了出来，就像是一直在等着这个喊声。她们相互挤着，争先恐后地冲进我的帐篷，然后又从帐篷里出来追着我的雪橇印跑。

我听到了背后的喊声，可我就当没听见，并没有加快步伐。随着脚步均匀地移动,我的忧愁似乎减弱了,也没有那么难受了。

与男人们不同的是，女人们对我总是带着尊敬和小心翼翼地惶恐，她们把这个闯入营地的陌生人看作是至高无上的神，是神的意志的化身。他可能会杀了她们，也可能会拯救她们。

她们害怕冒犯我，但更害怕的是我会抛弃她们。

女人们坐上雪橇，她们撞倒了寡妇，木盘子被踩进了雪地，她们赶上我，把我围了起来。她们跪倒在雪里，抓住雪橇的前端，如果不是女人与生俱来对武器的恐惧，否则她们定会折断我的弓箭和刀，扯断我佩刀的腰带，把我驮回营地。

我什么也没说。我本可以不把她们放在眼里而随随便便地打死她们。我逃离了忧愁苦闷，可却如一只蜘蛛般被路上出现的树枝挡住了去路。

寡妇向我挤过来，抓住我的弓箭，女人们如石化般地呆住了。在她的脚边是滚满了雪的骨头。瓦坦妮一边抓住我的武器不放，一边举起盘子说：

“我们回去吧。你端着盘子，你先将就吃一点，然后再走。”

就这样，我就像头小牛一样被她牵着走。

女人们跟在我们后面。她们被寡妇的举动吓蒙了，一点不亚于她们失去神灵后受到的惊吓。但她们中不知是谁为此找到了开脱的理由，毫无疑问，神灵们知道瓦坦妮是个失去了理智的疯女人，因此他们不会对她的举动发怒的。

而且，女人们是不会告诉老头子们寡妇今天的鲁莽行为的。

我回到帐篷，放下武器，脱下皮猴儿睡着了。

我没有碰一下放在被窝边的被啃了一半的骨头。

就在那一天有个智慧的老太婆，就是她第一个想到神灵不会对寡妇的行为发怒的。她是里季扬克的堂姐。那天，她去找里季扬克说了文卡出走的事情。

“他只是想去打猎，可你们没有放他去。”里季扬克这样认为。

“不……”老太婆拖长声音小声地说，“我看见，他的心被掏走了，整个人就是个谁都可以住进去的空壳。但现在那里谁也没有住。”

里季扬克也呆住了。堂姐说的基本就是他昨天描述的关于疯狂战士的准确再现。

“大概，他很苦闷？”

“他可没什么苦闷的，”老太太说，“他的心是空的，什么都没有，也不曾有过什么。他从来就没有活过，就像是没有被生下，没有当过俘虏，更没做过奴隶。”

“难道有这样的事？”

“甚至还有你说过的那事呢，见鬼了，呸，一堆老熊粪蛋，你都不能想象有多让人惊奇。我再说一遍，他就是具空壳。”

里季扬克和老太婆久久地看着对方。最终，海狸皮谨慎地笑着说：

“如果他心里是空的，那么我们可以让一个人住进他心里呀。”

老太太听了这话，就像吃了一块又大又甜的肥肉一样，心里无比地熨帖，微笑着，重复着她喜欢的那句，曾在小时候激怒过海狸皮的骂人的话：

“嗯，真是一堆熊粪蛋。”

那天黄昏，老太婆来到了我的帐篷。

不远处，瓦坦妮手里拿着空盘子就像只失魂落魄的狗一样走来走去。她的脸给灶灰弄脏了，黏在一起花白的头发在风中像细小的蛇一样弯弯曲曲地飘舞盘旋。

“给我滚一边儿去！”老太婆毫无恶意地向寡妇吼了一声，并用脚去踹她。

寡妇退后几步跑开了。

智慧的老太太就像跨过门槛一样坚决地走进了一个内心空虚的人的心里。她是带着一套成熟的想法找的里季扬克，是为了通过他的口说出来，也就是让大家知道这是男人们的决定，而不是女人的妄想。

一天之内，她做出了决定，准备好一切就开始了漫无边际的谈话。

“你个子虽小，但内心却很强大。很难为你找到一个身材相当的老婆。但是我找到了。”

老太婆走到门口，掀开帘子，向外面叫了一声：

“嘿！”

“不一会儿，我的帐篷里就站满了女人。她们都站在不远处，等着随时叫她们。老太婆向灶里加了些柴，并放了一小块肉进去，做了一个短暂的祈祷，火开始熊熊燃烧。”

“你们为什么来？”我问。

女人们没有回答，而是四散开来，把一个姑娘推到了灶边，那姑娘穿着一件皮袍子，上面绣满了小珠子，还镶着蓝色北极狐皮。老太婆开始轻轻地拍着手掌，接着所有的女人跟着她拍了起来。

“噜！”老太婆叫了一声。

姑娘摘下了风帽，毛皮轻盈地垂在她肩上。

姑娘开始跳舞。

女人们掌声拍得越来越快，老太婆吹着火，叫声就像母鹅，眼角不停地瞅着我，她的心里充满了喜悦。

她那珍贵的客人正目不转睛地看着那姑娘。

她是赫诺很喜欢的一个孙女。

当姑娘慢慢成长到出嫁年龄的时候，老头把她父母叫来说，不要急着找未婚夫。因为姑娘有这样美好的一张脸——皮肤白得就像是象牙雕刻似的，那双眼睛就像是圣洁的湖水，小小的丰满的嘴唇，身材是那样的玲珑匀称，就像奥斯加克人的刀柄一样，这样的女孩是那样的珍贵，值得托付给最好的男人。有这样姑娘的家庭就如拥有了巨大的财富，可以增强家族的力量，避免任何的灾难。

从那时起首领的孙女就一直等待自己不同于家族其他女孩命运的垂青，等待自己的真命天子。甚至父母死了以后，她也没有停止对幸福的期待。孙女的父母是在河中央翻船，被冰冷的河水带走的。成了孤儿以后，春姑娘被伟大的祖父无限地疼爱，就像被一团柔软舒服的青苔包裹着，很快她就从父母双亡的痛苦中走了出来。

按照老太婆的指示，女人们停止了拍手，开始退出帐篷，只留下了那姑娘。在离开之前，老太婆凑到我耳边热情地小声说：

“你不会再苦闷了，战士……她会给你生很多的孩子。我可是知道的。”

说完这些，老太婆走了，就如同她没来过一样。

“你是谁？”我问。

“娜拉。”姑娘回答。

我记忆中的很多人和事都已不复存在了，但在那天，当我第一次看见她的时候，就觉得一切都恍如昨日。

我一无所有，甚至没有过去。当人偶向我揭开我的身世之谜后，当得知拉尔死了后，我生命中的一切仿佛都成了谎言。甚至我童年时候的闪亮时光也有时只在我记忆中快速闪过，变得那么的模糊遥远。我记忆中只剩下了对春姑娘久远的回忆，她的灵魂曾经和我，和拉尔在一起过。

听到她的名字，我激灵了一下，一种难以名状的预感从体内撞击了我一下。这个名字会开启我的新生活……

后来发生的事是我不能明白的，因为不知道会有这样的事情。她和衣躺在我的身旁，只脱了外套，扭头对我说：“今天我是不会让你脱我衣服的，你应该知道的。”

- 亲戚 -

火回到营地后过了几天，在营地边出现了狼群。

狼是嗅着灾难的气味来的，它们能从众多的味道中分出灾祸，因为闻着这股味道，冰冷的狼血会被激活。在下大雪的最难熬的那一月里，整个森林被蓬松的厚厚的雪覆盖，狼很容易陷入雪中。这时候任何小猎物，如野鸡和兔子等看起来都是那么的美味可口。

狼群像黑压压的一片乌云来到营地，包围了牲口棚。

里季扬克第一个看见了狼群。

在牲口棚的上方升起一团团的雪尘，鹿群被狼追着在里面打圈。一些狼冲进棚里追赶鹿，剩下的就在箭不能射到的地方等待，它们的布阵就像是行军打仗。

突然在栅栏边出现了黑色的东西。没有仔细看，里季扬克就明白了，这是倒下的鹿子，狼暂时还不能把它们从栅栏里拖出来。

他马上往营地跑，一边咒骂着自己的老腿，一边用棍子敲打每家每户的帐篷，喊着："狼来了！快带上武器出来！"没等到大家集齐，他又冲进自己的帐篷，抓上弓、箭筒后就又向牲口棚跑去。当赛鹿和其他三个老头跑来的时候，他已经射完了所有的箭，但一支也没有射中目标。在棚里撕扯的那些狼已经跑得无影无踪。当里季扬克召集齐所有人的时候，又有四头鹿跟着前面的两头死掉了。其中的一头死鹿被狼折断横木拖出了棚子。当太阳升上山头的时候，狼群自己消失了。这时，人们才看清一排笔直的不易被察觉的浅灰色的狼队。赛鹿举起已搭好箭的弓，什么也没有对老头说就往前跑去。一排排看似没动的狼队正在不慌不忙地撤退。

“兔崽子，你追什么追！”里季扬克吼了一声，“你以为它们还在等你？每匹狼都比你聪明两倍。”

赛鹿吐了口唾沫退了回来。男人们默默无语。

“哪里来的这么大群狼？”一个老头说。活了这么大把岁数，还没见过这么多狼。

谁也没有回答老头。赛鹿的声音打破了沉寂。

“我们有什么好怕的，我们不是还有个伟大的勇士吗？”

“我吐你口唾沫都嫌浪费了，”里季扬克轻蔑地说，“我们是恩卡人，我们只要不退却，保护好牲口，它们就会离开的。否则，狼群会想杀多少鹿子就杀多少。”

里季扬克的话是那么直白而又让人警醒，以至于老头们都没有发现他话里的轻蔑味道。看来，狼群不仅数量庞大，而且它们的智慧超群。它们中的每匹狼，包括小狼崽都好像知道，赫诺家的人已经没有跑得快又耐跑的男人了，也就是说，已经没有人来追赶包围它们，甚至在雪地上打死它们了。

“它们不会走的。”里季扬克说。

“那我们怎么办？”扁脑袋的老头问。

“我不知道。”

沉默了一会儿，他继续说：

“它们不会走，那么走的就是我们。哪怕把剩下的东西给救走。”

“还有几天就会下大雪了，然后就是最冷的时候，”另一个老头说话了，“在这种时候谁来带领我们的队伍转场呢？”

“只要不想死的人都可以。”

“你太武断了，里季扬克，你只相信自己。赫诺早就说过你这点……”

海狸皮转向刚才说话的那人，重复着已死去的族长生前喜欢说的话：

“如果你有更好的主意，那么说出来。”

“我知道！”老头提高了音量，“我们是一个伟大家族的人,你们忘了这一点了？难道我们不能向我们的亲戚们求助吗？他们会帮助我们的！”

“就像帮我们找诺霍一样？”

老头一下子无语，他不知道该怎么回答。

“火母已经进驻这个瘦弱的诺霍体内，已经亲自惩罚了他！”老头大声说，“你是瞎的？你难道没看见？如果火母想假他人之手惩罚他，那她就不会这么做了。而所有的人都尊敬赫诺……”

“尤其是当他有四十个年轻战士，还有那么多财富的时候，他本可以不用礼物去收买其他人的。”里季扬克轻蔑地说。

老头生气地摇了摇脑袋走开了。很快，他的话占据了主导。

所有的老头，除了那三个已无力拉弓的，都赞成留下来保护牲口棚。

里季扬克走进那个外来者的帐篷，那里已经有女主人在操持家务了。他说：

“狼群来围攻鹿圈，我们必须保护鹿群，你来帮我们吧。”

我二话没说，起身拿起武器就跟着他走了出去。

女人们正用雪橇拉着柴火从营地的各个地方向牲口棚走去,以便在晚上点火吓走狼群。人们想先这样坚持到第二天早晨，然后派人去亲戚们那里寻求援助。按里季扬克的想法和大家的一致默认，使者的人选落到了赛鹿的头上。只有他一个人有一双擅走的年轻的腿脚，而且也熟知那些地方。他应该天亮前就出发，才能在太阳落山的时候到达诺伊诺巴，号称“手套”的家族的营地。即使他家如果已经转场了,那也在不会很远的地方，赛鹿也会赶上他们的。同时，还需要一天才能等回赛鹿和他搬来的救兵。

赛鹿在营地里跑来跑去，就像是只正值年少的精力旺盛的小狗，需要消耗掉多余的精力，他随随便便地去抓每一样东西，甚至想冲去挡狼群，因为这事，里季扬克还骂了他。

自从昨天那个有张精致面孔的姑娘走进了我的帐篷以后，他就成了这个样子。

中午时分，赛鹿已经不需要去跑一趟了。

诺伊诺巴的人自己就来了。

赫诺的同龄人，最近的邻居第一个接受了礼物并了解了降临在这个恩卡人中最大、最值得尊敬的家族的灾难。

赫诺当时就猜对了，无论是诺伊诺巴，还是其他有派人去求助的亲戚们，都没有浪费养秋膘的宝贵时间去帮他寻找被火母诅咒的坏蛋。他们日子该怎么过就怎么过，只是不再放外人进营地。

可只有诺伊诺巴还记得邻居面临的灾难，在冬季转场前派了自己的人到赫诺这里来。诺伊诺巴一直安慰自己，他认为，这个家族对神灵的虔诚和自身的强大会克服这次的灾难的。但没有传来他们被救的消息，赫诺的人也没有碰到诺伊诺巴的人，老头的良心有点受到谴责，他也非常好奇到底结果是怎么样的。

他就派了四个全副武装的战士去到赫诺营地。这四个人由一个块头庞大，有一个通古斯名字，叫耶哈的人带领，他的名字不禁让人想起他的父亲——一个脸上布满刺青的人。很多年前，刺青脸到一个尤拉克人的家里，向一个美丽的姑娘求婚，后来这个姑娘成了这位勇士的母亲。去年秋天，耶哈的父亲被森林带走了——他去打猎，但再也没有回来。

为了被派出去的战士们不必说过于露骨的谎言，诺伊诺巴让他们转告赫诺，就说那个该死的家伙他们怎么也没有找到，除此以外，不要多说一句话。其他关心问候的话，通过这些全副武装的男人们的救援行动就表达出来了。赫诺会明白，诺伊诺巴没有忘记他的请求，他派人找过那个丧心病狂的家伙，毫无疑问，那小子已经被杀害了，或是落入了野兽之口，让乌鸦或狼獾饱餐了一顿。

看着邻居们的到来，女人们哭了起来，而老头子们向战士们鞠躬敬礼就像是对待尊敬的长辈一样。

赫诺教会了全家人不要相信偶然的事情。诺伊诺巴人的突然出现再一次让他们相信，经历过这么残忍的教训之后，神灵还是没有抛弃他们这些虔诚的信徒。

耶哈和他的同伴们亲眼看到的和听到老头子们的含混讲述让他们觉得没有必要转述诺伊诺巴的话，因为那些话他们自己也不太乐意说出来。

赛鹿用一句话结束了大家的诉苦：

“然而我们现在有一个伟大的勇士！”

他指着我。我站在距离他们一支箭射程一半的地方，但几乎全部听清了。

巨人耶哈转过脸，朝赛鹿手指的地方看过去。

“勇士在哪里？”他问。

“你不看见了吗？”赛鹿回答说，“那里没别人。”

那个有着通古斯人名字的人一下放松了下来，困惑不解地说：

“可那是个小男孩……”

“你说得对。”里季扬克忍不住出声了。

他向客人重复了一遍给自己人讲述过的关于空心人的事情，说他们的心里驻有一个尚武的疯狂的魔鬼。

亲戚们默默地听完老头的话，就像那天对他们的所见所闻不知怎么回答一样，他们对此也不知道怎么回答。最强大家族的族长和男人们的死亡对他们的冲击很大，也让他们不知如何继续应对。

里季扬克看穿了客人们的心思，不想让他们进一步迷惑下去，他开始说起了狼群的事。他声音很大，不时地停顿一下，就像在指挥战争，他那绘声绘色的讲述吸引了耶哈，他甚至忘记了要去近距离地看一眼那个伟大的战士。

耶哈看了看太阳说：

“太阳下山前我们还来得及。”

现在，营地里有了七个能参与大型狩猎的男人了——四个诺伊诺巴的战士，赛鹿，我和老头里季扬克。老头让所有人都相信，他不会拖大家后腿的。

我们整队训练了半个月。训练中，我们每个人之间隔二十步，我们顺着狼群留下的一串印迹从斜坡滚到山谷里。我们训练怎么拼命去追狼，尽量在河谷变窄前的地方追上它们。

耶哈和我并排跑，慢慢地，我落到了第四的位置，这让巨人很开心。他改变了步伐，开始横着走，挡住我，对我说：

“想听你的箭发射的声音！”

我差不多跑得筋疲力尽了，我狠狠地回答：

“你会听到的！”

当狼群已经剩得不多的时候，大家追上了它们，以免它们躲进森林密布的山脚下。里季扬克第一个停了下来射出了一支黑羽箭，箭飞向了天空，落在跑在最后的那只狼十步远的地方。

耶哈和他的人分开站在边上不停地放箭。狼群感觉到了强大的、危险的敌人就在身边，开始向没有围堵的方向四散逃跑。可敌人经验丰富，跑得快，射得准，没有给灰狼逃跑的空间。狼群中已经有些狼只倒下了，有些还背着中的箭在跑。

“找出他们的头狼！”里季扬克大声吼。他很明显已经疲惫不堪了。

那只头狼，背部有些凸出，体侧有一大块淡白斑点，它暴露了自己。当追赶的人只看到狼群尾巴的时候，它独自停了下来，把脸转向敌人，张牙露齿，就像是在威胁要复仇。

跑了一段，它又停下来做同样的动作。这时，大家都看见了那只狼的凶相。当时大家的箭筒已经空了，如果一旦所有的狼都停下来反扑，那么我们就将处于很危险的境地。

有两个诺伊诺巴的人已经把弓收好背到了后面，准备拔刀了。

可等待狼群的是另一个命运。

头狼突然出现在了我面前，我看见它的脸，就好像那个小个子的奥斯加克人的奴隶，只是更近，更清晰，在我还没想好要怎么办的时候，有一种快速行动力量让我停下来举起弓箭射了出去。

箭击穿了狼的额头，狼轰然倒在雪地上再也没有动一下。

这一箭引起了所有人的注意，大家停止了追赶。利用这个机会，那些灰色的斑点分散逃跑，分成了几个小的狼群，向山脚下逃走了。

只有一只狼朝与狼群相反的方向跑，那是只母狼。它跑到头狼倒下的地方，一路上都是扎在地上的箭，差点刺穿它的爪子，但母狼丝毫没有顾及自己的安危。

人们没有急着追过去，他们身上已经没有箭了。那只母狼猛然向前一冲，就好像要求得一死。它后腿蹲坐着舔了一下死去丈夫的眼皮，尖细细嗥叫了一声，听上去就如女人的声音。

当人们走近的时候，母狼跑向了山丘。

“你箭射出来的声音很好听。”耶哈对我说。

诺伊诺巴的人中有人建议我拿走那只被我射死的狼，我用弓指了指那只成了寡妇的母狼逃跑的方向说：

“这应该是它的。”

我又听到了耶哈带有嘲讽的声音：

“伟大的战士不需要荣誉吗？”

有通古斯人名字的巨人把头狼的尸体扛在肩上，就像扛的是一张北极狐皮。

回来的路上我们都没说话。只有赛鹿跑在前面，兴奋的叫声响彻了整个夜幕降临的天空。

他欢呼雀跃不是为了成功的围剿。他和耶哈都有一个很高兴的念头，就是现在那个小个子，非人类的外来者的战斗力将不可避免地被提出挑战。这种预感让他无比兴奋，但落雪噼啪地敲打着雪橇，掩住了他扑通的心跳声。

赛鹿嫉恨我。

男人们在晚上回到了营地。他们大口地吃着滚烫的肉，听着老头子们用担心的语气谈论着天边出现的黑压压的一片云层，这意味着降大雪的月份临近了。

- 节日 -

诺伊诺巴家的勇士从未嫉妒过谁，尤其是对一个小个子，被称为伟大的战士的人这样嫉妒过。

他长得非常强壮，所以任何人在他眼里都不算什么。但听完关于两个疯狂的人屠杀了整个壮年男子的队伍后，他心里的好奇被点燃了。为了满足自己的好奇心，耶哈总是找借口吵架以挑起战争。可我只是冷眼旁观，完全不参与，因为别人不友好的目光而挑起的决斗是不被森林里的男人们认可的。

赛鹿整个早晨都围着耶哈转，一双眼睛里满含着忠诚和惊羡。他夸赞耶哈的武器,不停地询问他在大型捕猎中的丰功伟绩。最终，刺青脸的儿子明白了，赛鹿想要的和他希望的不谋而合。耶哈轻轻地，就像拽一只吃奶的小狗崽一样，拉着他的风帽把他带到了离帐篷很远的地方。

他的眼角出现了一只小鸟的轮廓，他大口地喘着气，就像是个小孩偷了父亲的弓箭。赫诺家的人没谁知道在诺伊诺巴家里人们一直嘲笑通古斯人的儿子，直到他长大成年可以把高大的鹿子打趴下。可在他本该考虑结婚，积善行德的时候，他却能一整天坐在蚂蚁堆边，全神贯注地看蚂蚁是怎么生活的。

当耶哈穿上铠甲的时候，大家也就不再嘲笑他。

“这个小不点真的杀了你们一半的男人？”耶哈问。

“那是诺霍杀的。他只杀了几个，但他把诺霍杀了。他双手举刀,整个人就像飞起来了一样,一下子把诺霍的头砍掉了。”

“听说他身体里有个魂灵……”

“对。那个鬼魂是为他死去的哥哥报仇的。”

“死了？”

“被杀死的。”

“谁杀的？”

“我和我兄弟们。”

赛鹿很得意地说着这事。

耶哈惊奇地吹了声口哨。

“那为什么你还活着？”

“大概我的那两兄弟把鬼魂给喂饱了。长腿蜘蛛被箭射死了，鹿肝伤口感染也死了。而我承诺要做他的一条狗，就像赫诺家所有的人一样。”

“而你变成他的狗了吗？”

“我们的人，老头和那些女人们差点把他敬为神明。因为是他找回了火。他们把最好的新娘给了他，那新娘可一直被保护着，是准备嫁给森林里最优秀男人的。他能和她做什么呢？”

赛鹿大笑起来，那笑声像在打嗝儿。

“可神应该展现出他的威力，那么他才会被人们信服。”

他毫不畏惧地抓住巨人的皮衣，把他拉过来对着他的脸小声说：

“老头们说应该离开，转场去冬季牧场……尽量和亲戚们离得近些，等到春天了再回来。可那里就会一切顺利吗？该发生的事照样会发生。我们很快就会搬走，会带走所有的牲口。他们会请求你和你的人帮忙，你会同意的，我们都知道你有颗善良的心。不过，你听好了，到时候，你一定要求老头们举办一场临别盛会。就在这里，在这个夏季牧场，这里埋着赫诺家族很多人的脐带，这里有我们的祖坟。因为谁也不知道，我们什么时候再回来。你一定要求他们这样做，你是个伟大的战士，他们不会拒绝你。就让他们举办一个节日盛会，大家烧着滚烫的锅，做各种游戏，比武……”

耶哈把紧握胸前的手抖了抖。

“如果你是条狗，那么就是最聪明……”

赛鹿顿时笑逐颜开，感觉自己不费吹灰之力就说服了眼前这个壮汉。

“而且是最坏的一条狗。”耶哈接着说完。

他像鸟儿一样哼着歌走向营地中间，他很喜欢赛鹿的主意。

同样，老头们也很喜欢这个想法。所以耶哈基本就没费什么唇舌。

里季扬克说：

“我们都是群不中用的老家伙了，已经忘了我们伟大家族的神。死亡离我们曾是那么近，但最终没有把我们吞噬掉，可我们却对恩卡人的神灵没有任何感恩的表示。命运总是厚待那些好的想法的。可牲口棚里只剩黑鹿了，因为狼群没有伤害到它们，所以得以幸存。”

老头们赞许地点着头。只有一个人站着没动，他是那个狼群出现在牲口棚附近的那一天，与海狸皮吵了一架的老头。

“可只有没名望的家族才会宰杀黑鹿祭祀。”他说。停了一下，他又补充说：

“赫诺肯定不会允许做这种没面子的事。他肯定会生气地拉着你的胡子骂，就是这样……”

里季扬克带着明显的轻蔑口气说：

“你能提供更好的用于祭祀的东西吗？”

老头用鼻子喘了声粗气，把脸转了过去。除了与里季扬克有血缘关系外，他们之间多年的不友好也让他们有种扯不清的关系。年轻的时候，他们关系虽不好，但不至于打起来。现在两人都一把年纪了，也只是相互说些气人的话和互相不给对方好脸色。

关于不太上档次的祭祀品的问题引起了大家的争论。耶哈打断了他们的争吵。

“请放心，各位尊敬的长者。”他说。“我们将办一个真正的节日庆典，也就是说，会有真正刺激的游戏。战士们的娱乐不总是没伤害的，甚至当已经没几个战士剩下的时候。我们都是亲戚，虽然属于不同家族。也许，我们中任何一个人都很荣幸走进伟大神灵的营地表达我们的敬意。”

最终，里季扬克抓了一只黑鹿，亲自把它宰杀，说了一些必要的祭祀语，在黄昏时分洒血完成了祭祀。

早晨，天空晴朗无云，牲口棚地上的雪被鹿血染红了。大家把锅从帐篷里搬了出来。营地上空弥漫着肉汤的蒸汽。女人们——老太婆、年轻的寡妇和小姑娘都唱着有关潜鸟的歌。传说中，这只鸟儿衔了一撮土，那土就是地球的开端。男孩子们额头顶着额头像小公牛一样进行角力比赛。雪橇成排放着，正等着勇敢的挑战者。男人们大口地吃着肉，然后把手上的油在头上一抹。

“真是个隆重的节日。”老头们说。

可他们的眼睛是忧伤的。

里季扬克跳起来，一下子就脱掉了身上的鹿皮外套，皮衣里面有点褪色，还能看出鹿皮清晰的脉络。老头瘦小的起褶皱的胸部下垂到凹进的肚皮上。看到赤裸的老头，女人们别过了脸，用手掌蒙住嘴以免笑出声来，而老太婆们毫无顾忌地哈哈大笑。里季扬克就当没有听见。他像熊一样张开双臂在锅边跳了起来，他腮边的那一小缕胡须也跟着抖动，他喊着：“怎么样，还有谁跟着一起跳？”男人们站着不动，以为他在开玩笑。

里季扬克抓住赛鹿的手，把他拉了起来，从他身上脱下衣服，就像是给江鳕蜕皮一样。

“你这个废物，就是一堆熊粪蛋！来和我打架！”

赛鹿也张开双臂做出一副准备决斗的架势。他笑着，向四面吼叫着，拍着胸膛，做出一副很高兴娱乐大家的样子。

可里季扬克的声音明显地不高兴。

“你干吗在我面前跳舞？我又不是婆娘。脱下你的裤子，让我看看是不是干的。”

年轻的对手虽然不高，但很结实。他明白了，这次搏斗是认真的。虽然他脸上始终保持傻呵呵的微笑，但全身却绷紧了，肌肉也处于收紧的状态，步伐却又轻又准。他做了一个前扑，可却扑了个空。里季扬克毫不费劲地躲过了袭击，并快速地从后面向他踢了一脚，赛鹿啪的一声，脸朝下摔倒在雪地上。

营地里爆发出不同声音的大笑声。

赛鹿瞬间有点目眩，但他很快控制好自己，他知道该怎么做。他跳了起来，脸上仍然挂着微笑，很快向众人鞠了一躬。

“认真点打！”大家向他吼道。

弓弦把怒气撒在箭上，他这时就把怒气撒在了老头身上。可当他脑子里刚闪过一束光的时候，他又被摔进了黑暗中。里季扬克用他那长长的、有力的手掌打了他一耳光。

当赛鹿从失聪中慢慢恢复的时候，他又听到了震耳地哈哈大笑声。从他鼻子里流出两股血，滴到了肚皮上。里季扬克走过去抬起他的脸。

“还活着？”

赛鹿点了一下头。

“你高兴点吧。不是把你拿去祭祀恩卡人的神。”

搏斗前没有说好给获胜者奖品。可那个扁脑袋的老头站起来，从腰间拔下一个绣满珠子的，用来装火镰的鹿皮口袋放到里季扬克的手上，并合上他的手掌。

男人们都站起来欢腾。赛鹿也跟着叫了起来。

接着，诺伊诺巴的两个战士也脱下了皮外套。年轻的寡妇们忘记了矜持，发出尖叫声。男孩子也跳来跳去。当两个壮汉格斗的时候，大家的目光始终没有离开那个有通古斯人名字的巨人。

耶哈感觉到了大家的目光。他已经想好决斗完以后要说的话。

那个奇怪的人已经好几天折磨着他的好奇心，他现在正坐在对面一副无所谓的样子，大口地吃着肉。

决斗快结束了，但谁也没有在关注。所有的人都等着耶哈发话，耶哈终于开口了：

“为什么显得那么无聊呢，伟大的战士？”

大家一下子都把视线转向了文卡，巨人继续说：

“我知道为什么。你肯定在想，比武是小孩子玩的游戏，所以你觉得很无聊。狗耳朵！好像这是你的外号吧，不想选一个你看得上的娱乐方式吗？”

我知道，耶哈早晚都会要求我和他比试的。从他出现在营地的那一天他看我的眼光和嘲讽我的语气我就感觉出来了。但在这个有着庞大体躯的人面前我却一点都不觉得害怕，大概是因为我和所有的人不一样吧，我仿佛不是生活在他们中间。我拒绝跟他比试就跟我同意一样地容易。我把啃完的骨头扔到雪地上，用手掌抹了抹嘴说：

“想消遣，就去孩子们那里拿根棍子玩吧。”

耶哈咧嘴笑了，但我看见他脸上的肌肉抖了一下。

现在我知道了：不是无礼粗鲁的话让这个有着通古斯人名字的人颤抖，而是对他轻蔑的声音。耶哈习惯了对手的怯懦，甚至是那些把自己怒火点燃，在对手面前喊出侮辱性的话语，在粗鲁无礼后面也藏着恐惧，耶哈能从众多声音中辨别出恐惧的声音。而且他很放心的是，以前向他吼叫的那些声音里没有不恐惧的。他也一直宽宏大量，从不贬低和看不起那些诚实地拒绝与他决斗的人。

可眼前这个看上去不起眼的人的声音里却没有他早已习惯的怯懦和恐惧，当他听到这种被遗忘的，几乎是陌生的声音，他竟颤抖了。

耶哈对自己一闪而过的软弱感到羞耻。他没有收起脸上的微笑，说话声音不太大，仿佛是对他自己说，可即便这样，大家也都听到了：

“不知是哪个神灵把你变得这样的单薄，大概是为了方便放进嘴里，把你的痛苦吸收，然后洗干净牙齿，就把你给抛弃了。大概，你自己只是个懦夫，空心木，你在欺骗愚弄这些可怜的人们。”

四周鸦雀无声。不知是哪个女人惊讶地叫了一声。这时，头发散乱，浑身肮脏的瓦坦妮走了出来，像只狗一样坐在雪地上。她呼吸急促，眼神就像只受伤垂死的野兽向四处张望。

赛鹿在耶哈对面站了起来，把手掌放到胸前，大声地说：

“不要生气，亲爱的亲戚，伟大的战士会可怜、瞧不起你的。”

他沉默了一会儿，等着对方回答，可没有等到答复，就又补充说完了准备好的话：

“遗憾的是，我们中间已经没有了这个伟大战士的哥哥，要是他还在的话，他肯定会亲自提出和你决斗。拉尔非常喜欢强壮男人的游戏，虽然他自己并不怎么健壮。”

听完这些话，扁脑袋老头“啊”地叫了一声。里季扬克则站着没动，甚至他那稀疏的胡须也没有随风飘扬。耶哈则惊叹赛鹿那如蛇蝎般的阴险狡诈，有一瞬间差点没回过气来。

“谢谢你的提醒，兄弟。”勇士说，那声音就如桦树汁般令人愉快舒服。“可我的好奇心实在太重，现在甚至已经掉到了绿草垫上，在更早之前我就很想实现自己的心愿。我太想看看那个杀了伟大赫诺家族一半战士的人，以至于食不香，寝难安，不知道该怎么办了。我已经准备好比武的压注，就是我身上穿的铠甲，这是最好的奥斯加克人打制的，还有我的武器。这些应该能让那个伟大的战士不再可怜我，瞧不起我了吧。”

“文卡！”

这是里季扬克在叫，而现在轮到我颤抖了，因为这些天里，我是第一次听到自己的名字。赫诺的人总是叫我“伟大的战士”，就没有叫过我其他的称呼，他们似乎害怕碰触我真正的名字。

“你用什么做压？”老头大声而清晰地说。

在我回答前，发生了一件出乎意料的事，无论是赫诺家族的人，还是我都未曾料到。

有个女人，也就是娜拉参与了男人们的事。她从人群中走出来，站到了大家围坐的圆圈中央说：

“除了我，他没有任何财产。”

她没有再多说什么话，而那些不知所措的人们也静静地陷入自我沉思中。

里季扬克第一个打破了沉默。

“这奖赏合适吗？”他问耶哈。

“完全合适。”勇士答道，猛地一下站了起来，整个人挺拔高耸在那里。

在胜利的时刻，他，赫诺家族的亲戚，即便是远房的，因为他有一半的通古斯人的血统，也可能啃食自己的身体，耶哈没有想到这些。在那一刻没有人想到这一点。

趁所有人都沉默不语的时候，我看着这个女人，这个送给我派遣忧愁和烦闷的女人，等着她的目光落在我身上。可她一直盯着自己头的上面看，虽然我只看到她一半的脸，但我仍觉得，她在使尽全力抑制着自己快要掉下来的眼泪。突然我体内有一个强烈的声音在呼喊，这是生命回归的一种渴望。

“我的武器放帐篷里了。”我说。

“那我等你去拿。”勇士爽快地答道。他总是随身带着弓和箭筒。

可我还没走几步，手里就有人递过武器了。赛鹿已帮我拿来武器，正满脸含笑地亲手交给我。

“我可答应过做你的一条狗。”

两个决斗的人向营地边走去，到了一片开阔的地带，那里以前是赫诺家的男人们表演抓箭的地方。

以前确实有过能抓住飞射的箭的人，不过现在已经成了传说，如今只是战士们娱乐消遣的一种叫法。这种比赛对于森林里的很多居民来说都是那么的简单而无任何伤人的可能。决斗的人面对面站着，他们之间的距离不超过箭射程的一半，并轮流向对方射钝头的箭，这种箭是用来捕猎白釉、貂和松鼠的。在恩卡人看来，这样的娱乐是件很无聊的事。很多家里会让成年男孩子用真正的打仗用的箭，为了让他们早日子承父业，更为了让他们知道危险，不惧怕死亡。

甚至恩卡人在比试中，会避免一些不真实的，没有什么意义的环节。让人惊奇的是，在这些真实而残酷的比赛中很少有人牺牲，以至于没人记得是否有此类悲剧事件发生过。大家只记得一点：因为侮辱或难以解决的激烈争吵通过决斗从来都会得到解决。

恩卡人不是通过发射箭的数量决定此类决斗的胜负，而是像其他一些没有名望的家族一样，通过过错方的牺牲，或者说输的人永远是过错方的原则来判定。

这一次智慧的里季扬克找到了一个折中的方法：只用十支箭来比试，每个人只给三支带铁箭头的箭。耶哈不好讨价还价，因为他是客人。

“这样更有意思。”他说。他从老头手里接过比赛用的箭。

为了和对手平等公平地比试，勇士脱下了皮外套，然后从头上取下挂在胸前的一个绣有很多圆亮片的锁甲，并顺手挂在了一棵歪脖子树上，那是棵光秃秃的枯死的桦树。看着比试的奖品，里季扬克舌头弹了一下，发出啧啧声。

“用五十头鹿换这些都值。”

“都是我父亲的战利品，”耶哈说，穿上皮外套，“在哪里，是怎么得到的，我不知道。”

里季扬克向我走过来。

“别怕，”老头对我小声说，很轻松地笑着，“耶哈块头很大，目标也就大，就很容易打中他。而你个头小得多。”

然后他就不说话了，而我看见他正鼓足勇气想说点什么重要的。

“你能告诉我，你体内真的有神灵？”

“什么神灵？”

“就是那个杀死诺霍的。”

“我不知道……”

“你可以把他召唤来帮你吗？”

“他们现在有自己的战争。如果他想，会来的。”

里季扬克不再笑了。他也没再多说什么，只说了最后一句话：

“娜拉是流着我们家族血的女人，她只能是你的妻子。你要尽力取胜。”

我没有看他回答说：

“这是你们给的礼物，我没得选。”

大家跟着到了决斗的地点，可人群中没有娜拉。她一个人正站在营地中间，风轻轻地吹到她的脸上，她那布满泪水的两颊被冻得冰冷僵硬。伟大的祖父承诺给她找个国王，找个天底下身材最魁梧、最健美的男人，可她的国王却只有小孩的个头。娜拉知道，一切都缘起这场灾难，它使整个家族分崩瓦解，过早带走了祖父。

但最让她生气的是这些亲戚族人们，他们竟然把她当作礼物送给了这个奇怪的外来人，好像她是个奴隶，而不是赫诺疼爱的孙女。那天，当那个智慧的老太婆来到她的帐篷，威严地宣布了她的命运的时候，这种气愤的、屈辱的感觉突然间向她袭来。她在那老太婆眼里看到了报复的快感，她是为报复祖父把所有的疼爱都给了她一个人。娜拉跟在老太婆后面，麻木地顺从着，老太婆怎么说，她就怎么做。在她内心深处还有一丝希望，她希望在这个小个子、孤僻的外地人面前跳这种有损尊严的舞蹈，她不幸的残酷的遭遇如果不会引起老太婆的怜悯，也会被其他的女人们同情。可是这些女人们没有看到她的不幸，竟然还对她的表现特别满意。她是从她们脸上的表情看出来的。娜拉从没把这个杀了她们的男人们，又把她们从灾难中拯救出来的外地人当神敬仰，正是发生的这一切让她承诺的幸福没有实现。

当她躺在我身边的时候，她曾期盼过我的死。过了几天，她的这个愿望促使她做了一个匪夷所思的大胆的决定——把自己作为决斗胜利方的奖品。因为毫无疑问，她认为来自诺依诺巴家族的巨人应该会赢。

但在这几天里却发生了另外的一件事，娜拉有一种难以说清的对巨变的预感。这种预感出自于记忆中的这个外地人的目光——是那种对她独特的、短暂的凝视。她觉得这个外地人看着她的时候，不是仅仅在欣赏她的美貌，而是看到了比美貌更深层的东西。没有一个男人这样看过她。虽然她现在还是盼着自己丈夫会遭厄运，可他看她的眼神还是在她的记忆中不能抹去。而这时候，他向她妥协，虽不能碰她，但仍努力地坚持和她生活在一起，逐渐地在她心里占有了一席之地。娜拉试图逃避他，可当那目光每次出现的时候，她都会摇着头倔强，甚至大声地呐喊，但那目光是那么的坚定，敏锐，甚至摄人心魄。春姑娘努力去勾起自己内心的委屈，她认为那才是她正常的情感反应。可那目光却没有退却。

决斗那天，那些矛盾而复杂的情感在她内心交织，就像两个相互射箭的男人在进行激烈的厮杀。她把自己的委屈当作第一箭射了出去，一直等着对方的回射。

娜拉被泪水浸湿的双眼什么都看不清，除了那些模糊不清的小点——有白色的、蓝色的在眼前不断地涌现……她只听到众声喧哗的声音，可他们在说什么，她没有心思去认真听，她不明白在她身上到底发生了什么，也不想去弄清楚，她只感觉到她自己此时已成了决斗的场地。

她内心的委屈终于等来了回应。

她的整个部族突然间在她面前哈哈大笑起来，张着大嘴，有没牙齿的，有没心的，有小孩的娜拉震颤了一下。她被大笑声包围，内心充满了恐惧。

此时，她的内心就像是只被围困的野兽在东奔西突，想在猎人层层的包围圈里找到一个突破口冲出去获救，而她看到了只有一个突破口——外地人的目光。只有他一个人没有笑，他没有想到报复她。她需要跑向那个目光，那她就得救了……当娜拉无比清楚地看到这一点的时候，一种新的恐惧向她袭来：那个唯一能拯救她的人竟然被她亲自推向了死亡。也许，当她独自一人站在这个空空的营地里的时候，死亡正慢慢地向他靠近……

她的双腿不听使唤地迈向了决斗的地方。

她的双眼完全被泪水浸湿了，不能看见有个人正站在不远处一直看着她。当两个男人正在熟悉比试场地的时候，而他的内心也被一些预感折磨着，他的眼眶发热，双唇被咬得发白，一直强压自己不要叫出来。

这人就是赛鹿。

看着春姑娘那像奥斯加克人刀柄一样精致的身材，他对全世界都涌起了恨意，而他更恨的是赫诺，就是因为他，他和娜拉才有血缘关系。这种仇恨就如浪涛一样汹涌澎湃，就如牙疼一样让人难以忍受。

但，与很多人不同，赛鹿就是在耻辱和绝望的时候也能非常理智，能像只忠诚的狗一样为主人跑前跑后。

终于，听到第一支箭发射的声音让他好受了些。

第一支箭飞出的短暂悦耳的声音变成一声低沉的，勉强能听见的打击声——就像萨满在临终去见神灵的时候，开始和手鼓交谈，用手指轻轻敲打绷紧的皮鼓的声音。

就这样，我发出的一支没有铁质箭头的箭射中了通古斯人儿子的胸膛，他倒在了雪地上。耶哈竟然没想到要躲开。

“你输了，肉山！”扁脑袋老头叫了一声。

没有谁跟着老头一起欢呼。耶哈拉满了弓，所有的人都盯着他的那个小个子对手。

我刚把武器放下直起腰来，就有条看不见的鞭子抽打我肩膀，把我撞倒在地。甚至被阻挡过一下的无锚箭飞到了我身后很远的距离，差不多是我跟巨人之间的相隔距离。

耶哈很满意他射的这一箭，因为他通过这一箭实现了他的想法，就是，把对手撞到，但不伤害他。而他的第二个打算是接下来的这一箭打断对方的膝盖，第三箭就直射胸膛，让他断气。那么到时候他的好奇心就完全满足了，而且还绰绰有余。他相信他所猜测到的事实就是，这个男孩身体里根本没有什么魂灵，他整个就是一壳，就是一根被掏空树心的空树干。赫诺家的人也会相信这一点的，他们会把他奉为为他们揭开真相，擦亮他们眼睛的人。

而且他还想起了自己将获得的那个奖品……

有一瞬间他差点为自己这些即将实现的梦想哭起来。这时，一支无锚箭从他的右耳边呼啸而过，对方瞄准的是他的脑袋……

巨人感到一种愉快的斗志涌向全身，他开始瞄准。他好像已经把那个小个子拴在了箭头上，栓了很久，就准备一箭把他给结束了。他瞄准那个极小的，小得很难看见的地方——就是我的膝盖。

但很明显，小诵宁人的心脏在我体内还没有完全沉寂，我没有感觉到害怕，那危险的信号让我全身处于戒备，我能感觉到空气的每一次晃动。

我只移动了一下就躲开了对方的一只无锚箭。我也对着他的腿射了一支过去，并打中了，巨人轰的一声倒在了雪地上，我虽然离他较远，可也看见，当他慢慢爬起来的时候，脸上写满了愤怒。我看见愤怒在悄悄告诉他，应该拿出带铁锚的箭，结束这场比试。

很明显，耶哈羞于这样做，他拿了一支无锚箭。

第六箭中他左腿有点被打瘸了。而他的对手却没受一点伤，甚至他在比试过程中曾像只松鸡一样被打得扎进雪地里，这让他无论如何都尴尬无比。

老头中不知是谁，看比赛看得激动而兴奋，禁不住叫了一声：

"快用铁箭！"

巨人的手伸向了箭筒，虽然下一个不是轮到他射。

我第一个拿出了带锚的箭，那箭头就像燕子的尾巴，我仿佛看见那支箭射中了耶哈的身体，正把他的生命一点点带走。可我的力气却慢慢变弱，握着弓的手抖了一下，箭偏离了耶哈很远。

通古斯人的儿子没有急着结束这场比试。

他非常肯定，对面那人的性命就握在他右手的手指间，因为他右手正握着那支带锚的黑羽箭。

很明显，耶哈没急着取这人的性命。

他想，他的对手是个很强壮的人，虽然有些离群索居，性格孤僻,甚至很凶狠。但他体内是没有那个疯狂的战斗的灵魂的，他只需要对他内心进行一次探访，就可以看清他整个人的一切，而对于其他人根本就没必要这样做。在那一刻，巨人的好奇心已经得到了满足,在他看来,眼前的这个小个子已经并不神秘了。

耶哈还是没有射出那支箭。

他的命运之神被一块石头给轰然击倒了。

当巨人把铁锚箭搭在弓弦上的时候，从女人堆里冲出一个灰白的人影，直接向巨人的脸上扑去。通古斯人的儿子发出了一声熊吼，倒在了雪地上。

那个人是瓦坦妮，在她愤怒面前，就连大块头的沉默的诺伊诺巴家的战士们都会吓得双膝发抖。多余的寡妇用指甲撕裂了巨人的身体，只听见一声声惨叫响彻空中。

决斗的时候，谁也没有注意到疯老太婆，但她站在人群里，睁着她那双大而清澈的眼睛注视着两个人的一举一动，手托着腮帮，自言自语地说着什么。在通古斯人儿子射出那关键的一箭之前，寡妇就像被疯魔附了体。

大家好不容易才把他们拉开，就像是把粘得很紧的弓箭的各部分分开一样吃力。寡妇被抛开了十步之遥，陷进了雪地里，嚎叫声就像是她的身体被撕裂了一般，而不是那个有通古斯人名字的人。

耶哈疼得用头在雪地上划出了一条条的沟，打着圈在地上爬来爬去，就在那里，刚才他还站着用箭瞄着对手。过一会儿，他已经不喊叫了，而是全身都发出了一种恐怖的声音。当他的两个兄弟慢慢让他平息下来的时候，所有的人都见他的眼皮下血迹斑斑，鲜血一直流到头盖骨。

- 来自天上的鹿队 -

很多年的失心疯让瓦坦妮免于被立即处死。

一个诺伊诺巴家的战士已经将刀架在了她的脖子上，可里季扬克出面求情了。

“我们自己……我们自己……”老头用哀求的声音说。

战士放下了武器。在离开前，他说：

“你们的错误不可饶恕。用一个老太婆来偿命远远不够。”

里季扬克颤抖了。这几天恐慌一直侵扰着他，而现在，他感觉自己陷入了绝望的深渊。

老太婆已经不叫了，她侧身躺在雪地上，用手撑着头闭上了眼睛。里季扬克呆呆地看着她，最后，他发现在那皮外套下面窄窄的背部上有均匀明显的起伏波动，那是瓦坦妮在呼吸，她就像一个人做完了繁重的工作后正在放心大睡。一时间，里季扬克的心就像被一只凶恶的小狗给抓住了。

他猛地一下把寡妇的脸转过来，在她脸上使劲抽了几耳光。当他明白，瓦坦妮是真的睡着的时候，顿时有几只小狗抓扯着他的心，他用耳光把她打醒了，她睁开眼，感觉就像是清晨第一道曙光从烟囱口射到了脸上。

愤怒让他的胸口犹如撕扯般的疼痛，里季扬克一时找不到语言，从他嘴里只冒出了一个字：

“蛇……”

瓦坦妮就像没有听见。她捧起一捧雪就往脸上擦，接着笑了一下。

“我的乖儿子还活着吗？”

她的声音是那么的纯粹清亮，整个人很清醒，好像她不是从睡梦中醒来，听到她的声音，里季扬克愣住了。可他想起了那个木盘，带肉的骨头，外来女婿的嘲讽……顿时，那些凶恶的狗也不再发威了。

“活着。”

老头吐了口唾沫走到了一边去。一声强有力的召唤让他停止了脚步。

“里季扬克！”

他转身看见瓦坦妮站在那里，整个人挺拔而平静。只是和往常疯癫时候一样，还是那一身肮脏的衣服和花白的被粘成如一条条蛇一样的头发。里季扬克不能相信自己的眼睛，他需要一定的时间才能回过神来。

“即使你没有疯，而骗了我们那么多年，无论如何你也不会活到太阳下山的。”

“我知道。”

“我会亲自割断你的咽喉。”

瓦坦妮笑了起来，声音不太大，她笑着，就像一个知道被掩埋真相的人发出心照不宣的笑。

“而且还不是你一个人，”老头继续说，“诺伊诺巴的人说了，你这条老母狗的生命不值钱，远远不够抵偿一个伟大战士被弄瞎的双眼。他们虽然都宽宏大量，可这样的耻辱够得上搭上我们所有人的性命。你看你做的好事……”

他沉默了一下。

“应该把那个你用剩饭菜喂饱的小人的头皮揭了献给他们。现在他一个人的命抵得上我们所有人。”

“已经晚了，”瓦坦妮说，“一只浩大的鹿队已经出发了……"她歪着头，"听你说的，好像你知道命运的安排一样。"

"我知道，我会杀了你。这就足够了。"

瓦坦妮重复着：

"一只庞大的鹿队已经在路上了。它很快就到了，快得没有时间让你们把手伸向脸庞。你们会跟着它走。赫诺的这片土地已经不是你们的了。在这里，将会有其他的人居住。"

"终究是个疯子。"里季扬克在自己心里最后说，走开了。

走了几步，他想起，应该把多余的寡妇绑起来，因为很难保证没有其他什么的鬼魂——狡猾凶险的，会让大家致命的鬼神又附上这个疯女人的身体。可刚想到这一点，他就听到背后有人说：

"快看谷底。"

里季扬克转过身，他的双手被抬起来，可还没有抬到脸上就僵硬不动了，在空中做出一种哀求的姿势。人们的尖叫声在营地里戛然而止，一起都凝滞了。

从营地看过去，一面白色的幕墙挡在营地与对面的高地之间。那片高地一直平缓地延伸到河的北岸，再到平原，最后一直到山脚。这片幕墙占据了从天到地的整个空间。

人们一直在等着即将到来的大雪季节。只要远处天边出现一片黑压压的乌云，那就预示着要下暴雪了。可看着这面白色的幕墙，谁也没有想到即将到来的天气骤变。不知是哪个老头小声地说了一句，但全营的人都听见了：

“这是来自天外的降雪。”

这雪不是由厚重的乌云带来的，而是来自天的最深处，来自九重天，那里是天的最高处，无边无际。在那里，地球已经被遗忘，但当地球被那片天空想起来的时候，就会有白色的暴雪降临。

也许，森林里的每个人都曾听说过，一场来自天外的雨水引发了史前的大洪水。那以后，雍涅西河的水面变宽了，地面上一度曾人踪俱灭。

但这次的大雪却带来了另外的变化。

暴雪中出现了幻景，里面显出了人的轮廓，开始隐约可见，模糊难辨，渐渐地变得非常清晰，甚至可以清楚地看到雪橇、鹿群和人，有骑马的，有步行的。多余寡妇走向雪墙，赫诺家族的人都看着她。他们被眼前的景象给镇住了，已经忘了耶哈的事。他们向瓦坦妮一路小跑过去，所有的人，除了里季扬克。

“这是什么？”他问。

“一只大型鹿队。”

然后就是一阵让老头子难以忍受的沉默。

“这些人是谁？他们这是到哪里去？”他几乎叫了起来。

“死人……他们正在离开。”瓦坦妮的声音仍然很平静。

“在活人将要永远抛弃地球之前，坟墓里的人们正在设法留在上面。难道你不知道这种事吗？”

“永远……为什么？”里季扬克问，他已经不知所措。最开始关于这片土地已是别人的这话，他完全没有当回事，以为那是疯女人打胡乱说。

“因为一切是这样设定的。”

“谁设定的？”

“是下这场雪的人。”

老头由慌张失措变成了愤怒。他坚定地大步走到一边去，在那里双眼失明的耶哈坐在一张兽皮上像沼泽里的草一样摇来晃去，一个诺伊诺巴家的战士站在首领旁边，见老头把长柄刀折断了，这个战士马上把自己的武器递了过去。里季扬克向幕墙冲去，脚步由走变成了跑，然后站在了那里。

他看见两个人影，一个大的，一个稍小，正朝他走来。

他们从雪里走了出来，经过里季扬克身边的时候，就像没看见他一样径直走了过去，一直朝瓦坦妮走去。

现在能看清他们的脸了，当认出他们的时候，赫诺家的人都惊呼起来，急忙闪开，就像是躲避一棵倒下的大树。

这两人是杜夏达和玛雅娜。

愚蠢的丈夫和不忠的妻子正躺在瓦坦妮面前，他们的脸贴到了她那双穿着破毡靴的脚掌上，他们在为得到的无以回报的恩惠表示感激，因为任何的感激之情都难以表达瓦坦妮对他们的恩情。

他们站起身，瓦坦妮向他们鞠躬以作答。

杜夏达和玛雅娜转向大家的时候，眼神空洞，眼睛一眨不眨。他们脱下外套，所有的人都明白了，为什么他们要亲吻多余寡妇的双脚。在他们身体的左边有一个不大的窟窿，在窟窿里，灰白的皮肤像发黑的蛇一样挂在上面。

就在那天晚上，是瓦坦妮冲进寺庙，用一把刀结束了被穿刺在树干上两人的痛苦，那把刀就拴在杆子上，被赫诺家的人叫作标枪。

玛雅娜和杜夏达穿上外套，他们没有向大家鞠躬，而是转身走向瓦坦妮，轻轻地抓住她的手，想把她带走。

“还不是时候，”她说，“你们走吧，亲爱的……”

愚蠢的丈夫和不忠的妻子放开了她的双手，走进了白茫茫的大雪里，融入了天空中的鹿队。

“别怕，”瓦坦妮向惊得失语的人们说，“可能，还有谁会出来向你们中的某个人表达感激之情。”

但没有一个死人想向活人表示什么。

他们走向雍涅西河，以便顺着水流向下，一直到世界的午夜。大型鹿队召集了所有土地上、各个氏族墓地里的所有灵魂，这片土地的命运虽然对于大家来说是黯淡无光，看不清方向，可似乎早已被决定了。死人看着活人，但很多人没有找到认识的，就是有认识的，他们也不记得有什么恩情需要趴在地上用吻脚的方式去回报。只是有那么一瞬间从暴雪中露出了一张老人的脸，有人认出来是赫诺。

人们看着鹿队怎么行进，谁也没有感觉到时间的流逝，他们只觉得一切都在发生着。突然，就像男人女人消失很快一样，从雪里冒出一个又高又瘦的人。

瓦坦妮跑向他，抓住灰白的身体，长出一口气说：

“我终于看见你们俩了。就像从前一样。”

她转过身，抬起头看向我站的地方。我一贯地远离人群站着，她说出了我生命中重要的一句话：

“过来。伊利格特。”

我走了过去。

版贸核渝字（2015）第 309 号

图书在版编目（CIP）数据

命运的三个名字．1, 狗耳朵 / （俄罗斯）格里戈连科著；寇小桦译．-- 重庆：西南师范大学出版社，2015.12
ISBN 978-7-5621-7716-6

Ⅰ．①命… Ⅱ．①格… ②寇… Ⅲ．①长篇小说－俄罗斯－现代 Ⅳ．① I512.45

中国版本图书馆 CIP 数据核字 (2015) 第 316507 号

本书为中国国家新闻出版广电总局和俄罗斯出版与大众传媒署批准的《中俄文学互译出版项目·俄罗斯文库》。由中国文字著作权协会和俄罗斯翻译学院负责组织实施。

ТРИ ИМЕНИ СУДЬБЫ Ⅰ СОБАЧЬЕ УХО
Александр Григоренко

命运的三个名字Ⅰ·狗耳朵
MINGYUN DE SAN GE MINGZI Ⅰ GOU ERDUO

著者 ［俄］亚历山大·格里戈连科
译者 寇小桦
责任编辑 廖小兰
装帧设计 熊艳红

排版 重庆大雅数码印刷有限公司
出版发行 西南师范大学出版社
地址 重庆市北碚区天生路 2 号
邮政编码 400715
网址 http://www.xscbs.com
经销 全国新华书店
印刷 重庆共创印务有限公司
开本 787mm × 1092mm 1/32
印张 8.25
字数 157 千字
版次 2016 年 5 月第 1 版
印次 2016 年 5 月第 1 次印刷
书号 ISBN 978-7-5621-7716-6
定价 33.00 元

如有印装质量问题，请联系本出版社市场营销部调换：02368868624